KB140219

인생길을 걷다 멈추어 서서

어디만큼 왔니?

인생길을 걷다 멈추어 서서

어디만큼 왔니?

이진주 시문집

시문집을 내며

철따라 아름다운 모습으로 맑은 공기와 시원한 바람을 실어 나르는
내장산을 향해 오간지 어느새 8년을 보내고 있습니다.
넉넉하지는 않지만 마른 적 없는 정읍천을 옆에 두고
졸졸거리며 흐르는 이야기를 따라 무심코 걷다가
문득 떠오르는 상념에 이끌리어 멈추어 서서
"어디만큼 왔니?"라고 자문해 봅니다.

내 인생길은 어디까지 가야하고
지금은 어디만큼 왔냐고 물어보고 싶었습니다.
아무도 이 질문에 답을 줄 수 없다는 것을 알았을 때
나에게 주어지는 오늘 하루가
진정한 감사의 조건임을 깨닫게 되었으니
얼마나 다행인지 모릅니다.

매일 매시간 나를 붙잡고 있는 힘겨운 내 삶은
어디로 가야 하는지도 정확하게 모르면서
나 자신마저 잊은 채 혹독한 대가를 치루면서 살아왔습니다.
몹시 지치고 힘에 버거울 때도 있었지만
마음을 추스르고 다시 일어날 수 있었던 것은
반드시 내게 새로운 길이 열릴 것이라고 믿었기 때문입니다.

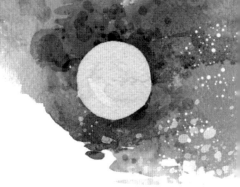

하늘이 만들어준 눈부신 풍경을 담고
그나마 행복했던 기억을 찾아서
외로운 나와의 소통을 해보고 싶었습니다.
소소한 일상 속에서 작은 것들에 감동하기도 하고
뜻밖의 행운을 기대하며 즐거운 마음으로
감사할 줄 아는 삶으로 나아가고자 합니다.

내게 주어지는 것에 대해서는 계산하지 않는 것과
그중에 작은 것 하나라도 나누며 만족할 줄 아는 겸손이
최고의 행복임을 깨닫게 되었습니다.
삶의 경쟁에서 치이고 현실의 무게를 원망하며
차별과 불공정 앞에서 가슴앓이 하며
찍소리 못하고 살아왔던 지난날들이 부끄럽기만 합니다.
그런 나는 작은 위로조차 사치인 고달픈 길에 있었습니다.
이제부터 다시 걷기 시작하는 인생길은
사소하지만 의미 있는 것을 찾아 나서며 맑은 공기에
약수 한 모금으로 행복을 여는 아침을 다시 만나고 싶습니다.

강렬하게 떠오르는 해를 보면서 열정을 품어보기도 하고
차갑게 밤을 밝히는 달을 보면서 냉철함도 가져볼 것입니다.
세상의 관념이나 기준에서 벗어나 당돌한 생각으로
진정한 자유의 실현으로 나아가려 합니다.

새로운 세상 속으로 다시 나아가는 나는 이제
보여주는 삶에 마음 쓰지 않으려 합니다.
혹 버겁고 힘이 들고 외로울지라도 순전히 감사하며
행복의 문을 두드릴 것입니다.

이제 내 삶을 감사로 엮어가는 보람 앞에 당당히 설 것입니다.
결코 외롭지 않는 길에서 자연과 조화를 이루며
부끄럽지 않은 감성을 담아 글과 그림으로 표현하면서
소확행을 찾아 쉼과 자유를 느껴보려 합니다.
또한 존중과 배려, 신뢰와 섬김 이 네 가지는
내 인생의 가장 소중한 가치로 삼고 살아갈 것입니다.
그래서 최소한 싸가지 없는 인간은 안 되려고 합니다.

　　　　　　　　　－ 내장산 정읍천에서 南齋(남재) 李鎭柱(이진주)쓰다.

목차

01

잃어버린 나를 찾아서

02

자연이 전해주는
희망의 노래

_03

**하고 싶었던
이야기**

04

**사랑하다
그리움으로**

05

**바라보다
다가서듯이**

06

어디만큼 왔니?

01

잃어버린 나를
찾아서

소중한 나에게

태양은 장열하게 솟아오르고
끝없는 광야를 달리는 인생길에서
삭풍 몰아치는 시련과 고난이 있었어도
나는 스스럼없이 청춘을 내 던졌다.

고독과 절망 가운데서
극한 외로움을 이겨내고
높은 산에 올라 가슴을 치는
우렁찬 포효를 지르며 담대함을 얻었다.

나는 지금 이 순간을 감사하며
정의로 방패삼고
용기로 창을 들어 무장하고
세상 앞에 당당하게 서 있다.

언제나 그랬듯이
배반과 욕망의 소용돌이 속에서
우리는 늘 속고 속이며 살고 있다.
좌절과 시련의 세월을 온몸으로 버티었다.

칠흙 같은 시련의 날이 길어질 지라도
회복과 영광의 날이
반드시 찾아오리라는 것을 믿기에
인고의 시간을 삼키며 견디는 것이다.

감사 여정

덧없이 흘러가는 세월 앞에
원망할 일이 많아서
살아온 날이 부끄럽지만
그래도 감사한 마음뿐이다.

비우지 못하고
내어주지 못해서
불평과 불만으로 오염되어
고통과 아픔을 겪을 때도 있었다.

관심과 포옹은 따뜻하다.
겸손과 감사를 배우게 한다.
감사에 민감하며 웃음으로 토닥이면
내 마음에 등불하나 켜 놓는다.

인생의 오르막과 내리막에서
초연할 수 있는 용기는
탄탄한 평지에서 평정을 유지하며
감사로 표현될 수 있기 때문이다.

같은 자리에
항상 그 모습으로
함께 할 수 있는 오늘은
감사로 채워지는 특별한 하루다.

나의 발견

가장 평범한 하루가 가장 행복한 하루다.
이처럼 소중한 하루를 살아가는 나는
감정이 이끄는 대로
일상에서 경험하게 되는 순간들을
놓치지 않으려고 글로 엮어 본다.

마음속의 상처와 열등감,
그리고 부끄러움으로 소심한 삶을 살아왔다.
차별과 부당함에서 타버린 아픔을 벗어나
나를 더욱 소중하게 여기며 행복해야 하는
'나'를 발견하게 되었다.

좋은 생각과 올바른 습관으로
내적 매력을 키우고
더불어 살아가는 배려로
긍정적인 삶의 여정을 놓아간다면
분명 소중한 나를 발견할 수 있을 것이다.

남 몰래 고단한 삶을 살아가며
아슬아슬하게 견디어 내기도 했다.
소소하지만 확실한 행복을 염원하며
나에게 위로의 말을 건넨다.
"너는 네가 생각하는 것보다 소중하단다"고

행복을 상상하라

생각한대로 살고 싶다.
상상은 언제나 행복한 꿈을 꾸게 한다.
우리 삶에 활력을 채우기 위해서
상상하라, 행복하게

생각은 자유
행동에는 책임이 따른다.
오늘 하루의 행복이
내일은 또 다른 모습일 수 있다.

엉뚱한 생각과
기발한 상상으로
가질 수 없는 것들에 대한
실현을 기대하자.

상상으로 미래에 대한 완성을
긍정적으로 실현시키리라.
미래에 대한 불안은
허황된 상상이라도 하지말자.

행복을 상상하라.
간절하게 원한다면 꼭 이루어진다는
"피그말리온 효과"를
굳이 말하지 않더라도…….

삶의 하루

세상에 두발을 딛고
살아가는 모든 이들과 함께
감당해야 할 숙제와 삶의 무게
알고 보면 문제없는 사람은 없다.

무겁고 가벼움의 차이는 있겠지만
고통이 무언지 모르는 사람은 없다.
삶은 때론 힘들 때가 있고
끝없는 고민에 아플 때가 있다.

갈등과 연민
걱정과 염려
무거운 짐을 지고 한걸음 옮길 때마다
무표정 뒤에 슬픔까지 본다.

내가 또 하루를
시작 할 수 있음에
주워진 일상 앞에서 주저했던 나
토닥토닥 다독이는 위로에
새로운 하루에 감사한다.

그리고,
끊임없이 이어지는 나의 삶의 하루에서
삶의 문제는 문제가 아님으로
또다시 주어진 하루는
눈물 나는 감격이다.

감사하기

거짓이 아니었다는 사실에 감사한다.
좋은 추억과 희망으로
극복해낸 고뇌의 시간에서
나에게 깨달음을 주고
만회할 기회를 주어서 감사한다.

불평하거나 원망하지 않게 되어 감사한다.
내안에 병처럼 괴롭히던
미움과 편견이 사라지고
맑고 환한 얼굴로
다시 회복할 수 있어서 감사한다.

부끄럽지 않게 되어 감사한다.
누구 앞에서도 당당하게 설 수 있고
세상을 너그럽게 바라볼 줄 알고
다시 힘을 낼 수 있음에 감사한다.

괜한 투정과 불만을 만들어
감사하지 못한 습관 때문에
힘들었던 삶의 무게를 벗어버리자.
존중과 배려로 아끼고 사랑한다면
사소한 것에도 감사하게 될 것이다.

모악산행

쉼이 필요할 때 종종 일상을 떠나
그늘숲이 있고 산새 소리가 있는
솔향기 짙은 산길에 들어선다.
가파른 언덕길에서 힘들지만
숨을 고르며 닭지붕에 오른다.

때론 꽃향기 맡으며
때론 신선한 풀잎냄새
힘들지 않고 여유를 느낄 수 있는
모악산 마실길 산행은
최고의 힐링이다.

아기자기한 재미있는 마실 길에
햇살은 나뭇가지 사이로 비집고 달려든다.
소슬바람 귓불을 만지고 지나가고
고즈넉한 산사의 불경소리
여기저기 부딪히며 멀어져 간다.

뽕밭 옆 백운정에 올라서면
사계절 언제나 시원한 바람도 따라온다.
잠시 호흡을 고르면 재잘거리는 물소리 정겹다.
다가서니 부끄러운 듯하여
바위틈에 숨어 흐르네.

산길은 언제나 위로와 쉼을 허락한다.
끼리끼리 정다운 이야기보따리 풀어
어깨너머 슬며시 매달리는 삶의 무겔랑
금산사 옆 돌담 틈에 끼워놓고 내려온다.

물처럼 사는 인생

노자는 도덕경에서 말합니다.
가장 아름다운 인생은
물처럼 사는 것이라 합니다.
남과 다투거나 경쟁하지 않는다는
부쟁(不爭)을 말합니다.
물은 자기의 자랑을 말하지 않습니다.
그 공을 남과 다투지 않습니다.

낮은 곳으로 흐른다는 불변의 진리입니다.
물은 연못에서 깊은 마음을 가졌습니다.
더 넓은 세계로 강이 되고 바다로 나아갑니다.
물은 세상을 깨끗하게 해 줍니다.
물은 엄청난 힘과 능력이 있습니다.
물은 세상의 변화에 순응할 줄 아는 자연스러운 인생입니다.

물처럼 산다는 것
사람위에 군림하지 않고 겸손하며
존중하며 배려하고,
때를 알아서 움직이고
아낌없이 베푸는 물의 정신은
오늘도 상선약수(上善若水)로 이야기 합니다.

오늘 하루도

분주한 하루 일상을 마무리하고
나신(裸身)으로
침상 앞에 무릎을 꿇는다.

높은 담장으로 둘러진
우리네 삶의 공간에서
꿈을 가꾸고 노력의 땀을 흘렸다.

나는 오늘
성찰(省察)없는 행동은 안했는지
불의와 타협하지는 않았는지
장대 끝에 매달려 나부끼지는 않았는지
불확실한 미래의 두려움과 불안 앞에서
비굴하지는 않았는지

범사에 감사하라 했지
모두를 사랑하라 했지
나보다 남을 낮게 여기라 했지

미움보다는 사랑으로 대하게 하시고
낮은 곳으로 나아가라 하셨네.
소중하게 주어진
나의 하루가 부끄럽지는 않아야지.
그리고
내게 생명 있음을 감사하며
남은 것 다주어라 하옵소서.

잔인한 계절

봄이 오는 줄도 몰랐습니다.
예쁜 꽃이 피고
향기가 나는 줄도 몰랐습니다.
겨우 밥알은 삼키었지만
주변을 돌아볼 여유조차도 없는
꿈도 희망도 사치스런 젊은 날이었으니까요.

남의 손가락에서 떨어지는
명령에 복종하며 살아가는
나는 노예였고 머슴이었습니다.
엊그제 비바람 사정없이 불어내더니
담장이 텃밭에 들어 누워버렸습니다.

겨우 버틴 홑 창문으로
차가운 바람이 힘 붙여 밀고 들어오면은
빨갛게 충혈된 눈을 부릅뜨고
온몸으로 기대어 버렸습니다.

시절은 그렇게 또 가고
여름이 또 언제였는지도 모르게
땀이 냄새 나는지도 모르게
부끄럽다고 가끔은 느꼈지만
내 인생의 여름은 연단이었습니다.

이제야 느껴보는 계절의 향기
이제야 들리는 맑고 청아한 소리들
내 삶의 가는 길을
난 그동안 몰랐다고 우겼지만
이미 가을 이었습니다.

달콤한 홍시냄새가 좋고
예쁘게 차림한 단풍은 더욱 좋고
따끈하게 김이 모락모락 나는
차 한잔의 여유는 유달리 친근합니다.
이제는 이유없이 받은 사랑을 마음으로 담아서
돌려드리려 합니다.

그렇게 애섧던 하얀 눈이 내리면
지난 내 이야기를 들어주는 이가 있다면
눈물의 의미를 이야기 하고 싶습니다.
무던히도 가슴 아팠던 시간들은
이제는
감사로 채우며 살아가고 있습니다.

나만의 비밀

비밀 하나쯤 없는 사람이 있을까?
"이건 비밀이야"하면서
가르쳐주는 가벼운 비밀 말고
절대로 알게 되면 안 되는 비밀 말이다.

비밀을 안고 사는 사람은
외롭고 때론 괴롭다.
비밀은 유통기한이 없다.
비밀은 간직하는 것이다.

비밀은 어떻게 관리하느냐 따라
엄청난 결과를 만들고 만다.
비밀을 관리하는 능력은
성장해 가는 과정이고 욕구이다.

비밀은 둘 이상이 나눌 수는 없기에
자기의 비밀은 인내이고 철학이다.
아름다운 비밀하나 간직하고 싶고
좋지 않은 비밀은 숨기고 싶고
비밀이란 보석이고 때론 흉기 같은 것.

마음의 문을 열고 닫아야 하는 비밀은
사랑도,
인간관계도,
자칫 잘못하면 깨져버리는 값비싼 호리병과 같다.
그러나 누구에게라도
비밀 하나쯤은 안고 산다.

울고 싶을 때는 울자

따뜻한 가슴과
냉철한 이성으로 사는 것이
진정한 사나이의 멋진 모습이라 한다.

기쁨과 분노,
슬픔과 즐거움,
사랑과 증오,
그리고 욕심이
인간의 일곱 가지 감정인데
이것들이 극에 다다르면
결국 울음으로 변한다고 한다.

영웅호걸은 잘 우는 사람이요
미인은 눈물이 많다고 한다.

언제한 번 가슴을 열고
소리내어 울어볼 날이 있을까
감정에 충실할 줄 아는 남자로
울고 싶을 때 참지 말고
울어봅시다.

치우고 버려라

욕심과 허영으로 인해
의(義)로 채우지 못할 영혼이라면
거래는 걷어치워라.

시장터에 나가보라
무엇을 팔고 사는지
혹여 영혼을 사고파는지 볼일이다.
계산이 앞서고 이익을 우선시하는
철저하게 장사하는 곳이다.

음식으로 채우는 배는 부르나
정신은 공황상태에 빠졌으니
논쟁과 다툼이 터를 잡고 있다.
삶의 목표가 이익에만 탐닉되어 있고
주고받는 거래에서 무엇을 얻을 것인가.

어떤 모습으로 살아갈 생각인지
좋은 옷에 맛있는 음식과 대궐 같은 집
우리 마음과 생활 속에서 무엇이 우선일까
평화를 위하고 존중과 나눔에 나아가려면
탐욕으로 채워진 허망을 치우고 버려라.

인생은

삶이란 참으로
복잡하고 아슬아슬합니다.
걱정 없는 날이 없고
부족함을 느끼지 않는 날이 없죠.
누구에게나 힘든 일 하나쯤은 있기 마련입니다.

얼마만큼 행복해야 하고
어느 정도 즐거워야 하는지 알 수 없지만
나이 들어 돌아보면
어디를 향해 가는지
어떻게 여기까지 왔는지 모를 일입니다.
인생은
내가 나를 찾아가는 여정일 뿐
가는 길에 희망과 행복보다는
고통과 낙심, 염려와 불안이 나를
힘들게 했습니다.

나이 들어 기쁨과 열정이
단순함과 평화가
이렇게도 소중하고 값진 것인지 몰랐습니다.
내게 남은 인생은
베풂과 나눔으로 멋진 풍경 마음으로 담고
깊은 감성 펼쳐보며
즐거운 인생 살아갈 것입니다.

쉼 없는 도전

도전이란
얼마나 숭고한 가치인지 깨닫게 된다.
당신은 성공의 길에 올라서고 싶은가?
쉽고 편한 길이 아닌 도전 앞에서
망설이고 있지는 않은지?

도전하는 일은
거창한 것이 아니다.
지금의 자리에서 한발자국 앞으로
내디뎌 앞으로 나아가는 것이 도전이다.

막막한 현실의 두려움 앞에서
과거만 그리워한다면
한 치도 앞으로 나아가지 못하고
제 자리에만 머물 수밖에 없다.

삶은 언제나 새로운 도전과 모험을 요구한다.
도전은 꼼수를 쓸 수도
요령을 피울 수도 없다.
자신에게 정직하고 모두를 걸어야 한다.

도전은 자신만의 의지이다
매순간 고되고 힘든 여정이지만
정상에서 성취감을 맛볼 수 있는 이도
도전하는 당신뿐이기 때문이다.

비우는 것이 심재(心齋)다

세상살이 힘든 일 중의 하나
상대방을 설득하는 것이다.

아무리 논리정연 하여도
받아주지 않으면 공염불이 된다.

심재(心齋)의 방법은 설득하는 것이니
마음과 몸을 깨끗이 하고, 부정한 일을 멀리하라.

귀로 듣는 것은 불완전하여 신뢰가 없고
마음은 자신이 좋아하는 것에만 반응한다.

말과 감정으로 소통하지 말고
마음을 비우고 기(氣)로써 소통하라
비우는 것이 심재다.

인생조언

사람들은 지나버린 일에
후회스럽다는 말 자주 하네.

그때 좀 더 신중했더라면
그때 조금 더 참았더라면
그때 미리 알았더라면…….

지금도 신중하지 않고 살면서
오늘도 어리석게 그때 탓을 하고 있네.

게으른 사람은 가난이 친구하고
간사한 사람은 허망이 친구하네.

자기만 생각하는 사람에겐
사랑이 따르지 않고
비교하는 사람에겐
늘상 부족하기만 하네.

속빈 깡동 공명하니
말이 없어도 믿음직한 이 따로 있네.

독백

정의를 외치고 싶었다.
더 높은 곳에 올라
소리치고 싶다는 간절한 욕망

짓눌린 삶에서 자유의 의미는 무엇일까
영영 벗어 날 수 없는 구속이 아닐까
무기력함, 그것을 무거운 짐으로 지고 있다.

헛헛한 가슴의 울림으로
공감을 나누는 가수가 될 수 없다.
너는 아직 완숙되지 못했다고 한다.

누가 너와 함께 걸어줄까
손을 내밀어도 잡아주는 이 없고
세상의 짐 나누어 질 수도 없다.

심약하고 용기 없음에
감히 범접할 수 없는 장벽 앞에서
정의는 무슨, 언감생심인데

리더의 덕목

이웃과 사회를 걱정하며
무엇을 할 것인가 고민하는
미래지향적인 사람이어야 한다.

무슨 일에서든지
어떠한 상황에서도
자기의 안위와 출세를 생각하지 않고

사명보다는 숙명으로 알고
잊지 말아야 할 것이
지도자의 근심이다.

이 근심은 개인의 것이 아니라
모두를 위한 것이어야 하고
혼신을 다하는 것이어야 한다.

그래서 리더는
명예로워야 하고
종신토록 고민하는 자이어야 한다.

불통

바라는 것이 이것입니까?
아닌데요.
원하는 것이 무엇 입니까?
잘 모르겠는 데요.

무엇을 말하려는지
네가 아니어서 답답하다.

저 바다를 보고자 합니까?
아닌데요.
그럼 이산을 말하는 것입니까?
아닌데요.

무엇을 보고자 하는지
내가 알 수 없으니 답답하다.

저 하늘에 달을 가리키는 것입니까?
아닌데요.
손끝이 가리키는 별을 말하는 것입니까?
아닌데요.

무엇을 가리키는지
내가 알 수 없으니 답답하다.

편견

바람은 언제나 오른쪽으로 분다.
정해 놓지 않았어도 그렇다.
바람을 타고 빗길을 달린다.
정리되지 않은 어수선한 머릿결을 하고
바람이 오라는 대로 내 달린다.

달리다 말고
비린내 나는 모래섶을 지나
해풍을 맞으며 서있다.
설 녹은 눈섶은 차가운 눈매로
나를 쏘아본다.

어디서 오는 걸까?
또 어디로 가는 것일까?
바람은 오른쪽으로만 분다.
다시 오지 않을 것 같지만
그리움 가득 기다림이다.

손을 뻗어도 닿을 수도
느낄 수도 없는 너를
무지와 독선으로 가득채운 항아리
깨지고 부서져도
단단한 아집과 편향이다.

달리다 선다.
바람이 왼쪽으로 불기 시작했다.
너는 알고 있었구나.
바람이 왼쪽으로도 분다는 것을
그렇게 멍하니 서있었던 게다.

소중한 너

평범한 것도
비범하게 바라볼 줄 아는
마음과 눈을 지닌 너
너는 네가 생각하는 것 보다
소중하단다.

존중과 배려로
도전의 가치를 열정으로 채우고
바보로 살아가는 것이 좋았던 너
분명 신선한 삶이었어도
너만 간직한 우직함이다.

세심한 관찰력과
맑은 채색으로
우연을 핑계로
창조해 낸 세렌디피티
자연스러움으로 채워가는 너는
참으로 소중 하단다.

너 어디에

스무 살 예쁜 너는
빛바랜 사연하나 없어
그림자 길게 누운 담장너머로
아련한 기억하나 잡아본다.

윤기 나는 검은 머리
쓰다듬어 꽁지에 묶고
종종걸음 함께 걷던 귀여운 큰 애기
그리운 너 어디에

수선화 맑은 눈물 영롱하다
다시 못 올 당신 생각에
앙상한 가지사이로 스치는 바람에
소식이나 물어본다.

지우개

당신을 처음 만났던 기억들은
이제 지우개로 지워야겠습니다.

지금 지우지 못하면
오랫동안 미워 할 것 같아서요.
너무 깊게 사랑하게 되어서
지워지지 않을 것 같아서요.

장미꽃처럼 붉은 입술로
타오르던 열정에 빠져버린 순간도
푸른 초원에서 느껴지는 평안함으로
당신 가슴에 안겨 황홀함을 얻었을 때도

더 이상 깊은 자국 남지 않도록
지우개로 깨끗이 지워야겠습니다.

당신을 처음 만난 날
그 두근거림으로 사랑의 미로에서
상흔처럼 남을 것 같아서
더 힘들기 전에 지워야겠습니다.

생존의 시간

사바나에 거대한 태양이 솟아오른다.
밤사이 무슨 일이 있었는지 알 수 없지만
평온할 것 같은 하루는
질서 정연하며 조용하게
열대우림의 초원을 깨운다.

잠시도 경계를 늦출 수 없는
공존의 시간 앞에서 자연은 엄숙하다.
한번쯤 검은 그림자가
하늘을 뒤덮고
우렁차게 으르렁거리며 지나가면
모든 동물들은 몸을 낮춘다.

강하다는 암컷 치타의 다섯 새끼들도
생존의 두려움을 채 알기도 전에
하나씩 사라져 간다.
한 마리 남은 새끼를 지키기 위한 치타는
자연의 법칙을 숙연하게 받아들이며
슬픔을 삼키며 두려움 속에서
또 다른 하루를 맞는다.
아, 냉혹한 사바나여

평화로운 초원에 숨소리조차 적막한데
먹기 위한 경쟁이 아닌

생존을 위한 처절함이리라
피 냄새 바람에 전해지면
하이에나 무리 두렵구나.

먹이사슬에서도 멸종되지 않는
자연의 숭고한 법칙
강자와 약자가 공존하는
사바나에서는 밤과 낮이 따로 없고
생존의 시간을 예측할 수 없다.

배려(配慮)

사랑은 이기적이다.
내 생각만으로 결정하는
아집과 편협함이다.

사랑의 완성을 위해
비로소 느끼게 되는 배려
섬김과 내어줌이다.

말로 하지 않고
마음으로 실천하는 배려는
희생과 양보가 아니다.

꽃을 피우기 위해 잎을 내고
또는 꽃을 피우고 잎을 내듯이
서로 다르지만 다툼이 없는 것이 배려이다.

함께 살아가는 세상에서
너를 먼저 생각하여 순리를 따르는 것이
참 배려임을 나는 알게 된다.

신비로운 사람

마음이 넉넉한 사람
눈물도 흘릴 줄 아는 사람
나이기 전에 네가 되어서
헤아리는 배려가 있는 사람

진심으로 소통하고
따뜻한 숨결이 전해지는 사람
오래토록 머물고 싶은 편안한 사람

공감과 소통으로 긍정적인 사람
나를 낮추어 너를 부각시키는 사람
건강한 웃음과 소리가 있는 사람

늘 그 자리에 있어 당연시 되는 사람
차이를 인정하고 아낌없이 내어주는
넉넉한 여유로움이 있는 사람

찻잔

그녀가 보냈다
찻잔두개를 찍은 사진을
차는 혼자서 마시는 것이 아니었기에

둘이서 마주 앉았는지
아니면 옆에 앉았는지 알 수 없다.
하지만 찻잔은 나란히 놓였다.

사랑을 시작하는 것일까?
아님. 밀회를 하는 것일까?
다정한 듯 찻잔 두 개가 궁금하다.

가을이 오는 거리를 달리다
정원이 아름다운 찻집에 들어서니
안락한 의자와 아기자기한 소품들이 눈길을 끈다.

진한 대추차향기 다정하게 이끌어
햇살이드는 창가로 이끈다.
창밖에는 늙은 모과나무가 바르르 떨고 있다.

나는 뱅쇼 두 잔을 시킨다.
내 앞에 앉은 여인처럼 붉고 아름답다.
두근거리는 마음으로 마주하는 찻잔

잠시 잊고 지냈던 시간들이 무심했을까?
그녀가 보내온 찻잔 두 개의 사진

가시나무 새

침묵 속에서 귀를 기울이고
신은 미소 짓는다.
살아가는 일이 힘들고 고통스럽다.
진정한 행복은 고통을 치루지 않고는 얻을 수 없다.

천상의 목소리다.
작은 몸짓에서 터져 나오는
애끓는 소리.

가시나무를 찾아
몸을 던져 가슴 찢어
한번 우는 가시나무새

무슨 사연 그리 슬퍼
목숨 던져 가슴으로 우는 새
슬픈 전설 전하려고 그렇게 울었던가.

하세월 날개를 접지 않는
고통과 아픔
그 시련 마다않고 가시나무 찾아 날으네.

진실한 사랑을 찾아
자신의 몸을 던져
영혼을 부르는 저 새를 함 봤으면

고통조차 끌어안고
가장 아름다운 노래와 목숨을 맞바꾸어
혼자라는 생각이 들 때 마다
가시로 제 가슴을 찔렀다.

끝없는 방황으로 지칠 무렵
가장 길고 날카로운 가시를 가진
가시나무를 발견하면
온 몸으로 노래한다.

노래는 세상 모든 새들이 숨을 죽이고
바람소리조차 멈추게 한다.
그 울음소리는 천상에 다다라
하늘마저 감동시킨다.

02

자연이 전해주는
희망의 노래

봄 마중

봄이 오는 길목에서
아련히 떠오르는 님의 모습 그리다가
가벼이 스쳐가는 실 바람결에
혹여 님이 오시는가 해

샘물 길어 머리에 이고
잰 걸음으로 걸어오는
오촌네 경자누님 치맛자락에도
봄은 묻어온다 하네.

돌담 돌아 윗집에 어릴적 문희는
단발머리 길어 땋아 묶었을까?
아님 볶아 올렸을까?
아지랑이 피어나는 들판에서
선희의 그림자는 얼마나 길어졌을까?

개삽에 누렁이는 참새를 쫓아 뛰고
수건 쓴 아랫집 아짐은
바구니에 냉이 담아
꽃 무릇 물먹은 담장을 돌아선다.

수선화 부끄럽게 미소 짓는 돌담구석에도
봄은 게으르게 오고 있다.
황소울음 하니 시집간 누이가 떡 해서 오려나

쑥 뜯는 향기 바람에 실어오면
어릴 적 동무가 그립다.

봄 마중 가자고
땟국물 부끄럽게 어린시절 그리우니
다 큰 어른이 새댁보고 가슴 설래 듯
두근거리는 마음
누굴 기다리나

내장산장에서

우화정 파란 지붕위로
애기단풍 곱게 단장하고
호수위에 비춰 고운자태 방울방울 떨어뜨리니
그 빛이 황홀 하구나

내장사 대웅전을 안고 돌아
불경소리 작은 번짐으로 담아오니
시인의 시상은
물줄기를 따라 마르지 않네.

서리 맞은 단풍사이로
햇살이 덮쳐오니 그 붉은 입술에
짜릿한 황홀함은
써래봉 아래로 몰래 숨어드네.

입동 지나 시월보름달은 하얀 순결함
밤공기 창틈에 차갑기만 한데
줄이어 날아가는 기러기 무리
시린 산장에 고요함으로 둘러지네.

서리 맞은 진분홍 홍시감
엄마생각 단풍잎에 비쳐보네
산비둘기 떼로 날아 요란하더니
감 떨어지는 소리에 놀라네.

내장산장에 가을이 깊어가니
그 곱던 단풍도
사람들의 발길 따라 뒹굴고
계곡에 숨어사는 물소리만 시시덕거리네.

따오기

추억어린 풍금소리
따오기 소리
슬픈 역사 한을 실은
구슬픈 소리

보일 듯이 보일 듯이 보이지 않는
따옥 따옥 따옥소리 처량한 소리
그리움과 애틋함을 가득담은
맑은 하늘 번져가는 슬픈 노래

안타까운 조국
불쌍한 우리엄마
그립다 못해 영혼으로 노래했던
애절한 따오기 소리

어디서 생겨 날아왔나
힘겨운 숨 쉬어가려 개울가에 날개 접네
저녁 무렵 노을 속으로 들리는 소리
영혼깊이 들려오는 따오기 소리

하늘가는 길에 함께 못가
따옥소리 구름 속에 뿌리는 소리
울음소리 따라가다 멈추어 서면
가슴으로 파고드는 누이의 소리

호수

한 폭의 수채화를 담고
하늘의 신비로움을 담아
지친 영혼을 위로하고
평화와 축복을 내어준다.

편견과 고정관념을 깨고
세상과 만나고 사람과 만난 기록을 담아
잔잔한 파장을 일으켜
겸손과 지혜를 배우게 한다.

늘 넉넉한 꿈과 평안을 주며
혹시나 꿈속에서 호수를 만나면
달콤한 연인의 소식을 듣나니
신비로운 시인의 감성과 열린 마음이다.

호수는 항상 즐겁고
행복했던 기억들을 담고
원망과 회한까지도 담으면서
넉넉한 이해와 사랑으로 채운다.

내장산 愛

너 거기 있었는가?
무슨 소리 듣지 아니하였는가.
내 너를 품으러 왔는데
아직 차가운 기운만 냉랭하구나.
그래도
내 널 그리워 왔나니
너를 안고 돌아가리라
내장산아, 돌아눕지 마라
봄은 조금 늦더라도
반드시 올 터이니
미더운 마음으로 미소 띠어 보거라.

가을비

단풍잎 곱게 아름다운 날
스산한 하늘빛에 투두둑 투두둑
사랑비 뿌려 주는 그리움 가득한 날

너무 진하지 않는 향기로
마주 앉은 한 잔의 커피는
입안에 가득 품어주는 외로운 방황

누구는 가을비에 그리워하고
누군가는 비에 젖은 단풍잎 보며 외로워하고
누구에게는 낭만에 빠지게 하고
누구랑 사랑에 빠지기도 하고

어떤 이에게는 사랑 비
어떤 이에게는 그리운 비
어떤 이에게는 잠 못 이루는 비
어떤 이에게는 추억하게 하는 비

나에게 가을비는 애절한 상념의 그리움이다
가을날 코스모스를 좋아했던 그녀의 아련함이다.
별빛을 기대어 의지하고
그 어둠속 밤길을 걷던 행복이었는데
포장마차에서 붕어빵 사 먹으며 깔깔댔었는데

들풀 덮은 철길을 따라
바쁘지 않아 게으른 발걸음으로
산 넘어 저무는 하얀 달빛에 기약하며
혹시나 들킬 새라 숨어들었던 가을비는
그리워 그리워하다 가슴 뚫린 낙엽처럼
사랑의 꽃송이로 망울망울 떨어진다.

비가 오는 허황한 날에서
가을비는 많은 추억들을
예쁜 사연으로 영원으로 이어주는 고마운 인생 비다.
나는 옷깃 훔치는 가을비속에서
네가 더욱 그립다.

가을 길섶에서

수묵화 그림처럼 어둑한 그림자가
게으름을 피우다 무거운 기지개를 켠다.
늦잠자기 좋은 아침
창밖은 어슴푸레 하다.
밤새 내리던 겨울비가 잠시 쉬니
바람은 마지막 잎새를 떨구려 한다.

엄두가 나지 않는지 바라보다
빗자루를 세우는 청소부는
힘겨운 듯 플라타너스 낙엽을 쓸어 모으고
요란한 청소차 큼큼한 냄새 맡으며
길가에 비 먹고 모여 있는 노란 은행잎을
거칠게 빨아 삼킨다.

앞산에는 알록달록 단풍 옷
예쁘게 차려입고 멋 내는 가을인데
가끔씩 심술궂은 바람이 불어와
휘리릭 떼구르르 굴리고 간다.
눈은 안 오고 비는 바람과 함께 내린다.

젊은 날을 아쉬워하며 먼 길 떠나려는 길손일까?
낭만주의 중년남자의 세운 옷깃에
찬바람 불어 밀어내니 겨울은
푸념섞인 투정으로 하릴없이 원망하고
가을은 더욱 애섧다.

청암산(靑巖山) 구불길

군산에 저수지가 하나 있다
햇빛 좋은 날 청암산 구불길은
아무생각 없이 걷기 참 좋은 트레킹 코스다.
군산저수지를 두 팔로 한 아름 안고 있어
어머니 품 같이 포근하기도 하다.

수변로와 등산로로,
구불길로 모였다 흩어지고
등산은 힘들고
풍경들 사이로 오래 걷고 싶다면
낙엽놓인 폭신하고 다정한 수변길이다.

텃새가 되어버린 새끼오리
늦가을 겨울나기 솜털을 고르느라
푸드덕 날개 짓하며 텀벙대고
물닭 부부는 번갈아가며 수맥질 한다.

대나무 숲이 터널을 만들어 놓고
왕버들 군락지 구불구불 멋스럽기도 하다.
주변을 자세히 보면 맹감열매가
덜꿩나무 열매와 붉은 입술로 다투어 유혹하는
짜릿한 가을길이다.

봄에도,
여름이여도, 가을은 더욱
겨울 청암산 옥산저수지 수변로길은
시와 음악과 아름다운 풍경으로 하모니를 이룬다.
무심코 걷기엔 아쉬움이 많은 길이다.

호수는 구름을 담고 이야기를 담았다.
때론 잔잔하게 물결치는 호숫가 수변로에
다양한 식물군락을 이루고 있어
꽃으로 열매로 유혹하기도 한다.
군산사람들의 이야기를 담아 놓은 곳
가끔은 뒤돌아보게 하는
옥산저수지 구불길에서
젊음과 사랑과 추억을 그려본다.

눈이 오려는지

밤 깊어 비가 추적추적 내리더니
밝았던 산야도 어둠이 삼키고
분명 날은 바뀌었건만 해는 없고
스산한 그림자가 드리워졌다.

겨울비 눈으로 바뀔라
공기마저 제법 차갑다.
그 많던 잎 다 떨군 감나무
앙상한 가지마다 휘어지게 달려
빨간 홍시등이 어둠을 밝혔다.

오늘 첫눈이 내릴 거란다.
멀리 보이는 산등성이에는
요즘 유행하는 뽀글이 옷으로 입었다.
가을은 유화물감으로 그린 그림이다.
또 정겹고 너그러운 아저씨다.

눈이 오려는지
거울처럼 잔잔한 호수에는
색색이 그림자로 누웠다.
차가운 바람에 스산한 단풍잎을 보니
첫 눈으로 덮어줄 것 같다.

손

손은 사랑이다.
세상의 아름다운 마음과 사랑은
누군가의 손에서 시작되었다.

엄마 손은 약손이다
따뜻한 손길에 회복되는 힘이 있고
놀라운 치유의 능력이 있다.

마주잡은 손은 정직하다.
진실과 믿음을 담았기에
손은 백마디 말보다 더 큰 신뢰가 된다.

아내 손은 마음이다.
정성을 다하는 맛과 감동으로
긴장을 풀어주고 평안을 준다.

아빠 손은 특별하다
사랑으로 가득채워 행복을 담고
평안과 안식을 주는 최고의
위안이다.

우리 서로 마주잡은 손은
마음에서 믿음으로 신뢰도를 높이며
부끄럽지 않는 손은 삶의 거울이다.

덕유산장에서

무주에 있는 겨울 명산인
덕유산 향적봉에
첫눈이 내리더니 상고대가 맺혔습니다.
단풍으로 유명한 적상산에는
오색찬란한 색상으로 환상을 이룹니다.
봄 철쭉, 여름 계곡, 가을 오색단풍,
겨울 설경의 아름다움이
유적과 어우러져 있으니
구천동에서 백련사까지 이어 바라보면
넋을 잃고 감탄하게 됩니다.

기암괴석·폭포·벽담
울창한 수림경관이 조화된 33경(景)이 있습니다.
인공동문인 구천동으로 들어가는 입구에
나제통문을 지나오면
청류동·구월담·구천폭포 등이 있답니다.

북동쪽 사면에서 발원하는 원당천은
깊은 계곡을 흘러 무주구천동의 절경을 이루며
금강으로 흘러듭니다.
소백산맥의 넉넉함과 맑은 공기를 마시며
짧은 만남 많은 아쉬움 속에 후일을 기약하며
님들과 동동주 한잔으로
진한 아쉬움을 달랬습니다.

나날이 어렵다하는 세상의 인심 속에서
질책보다는 따스한 격려 한마디가
그래도 용기를 주고 새 힘을 얻게 합니다.
듣기 보다는 말하기에 급급한
저 자신을 자책 해보면서
살아 백년, 죽어 백년이라는
신비롭고 영험한 주목나무의 기상과 기품을
가슴으로 담아 왔습니다.

감 등

감 등이 켜졌다
빠알간 감 등이 수백 개나 켜졌다.
상고대를 머리에 이고 더욱 선홍빛 빨강이다.

앙상해진 가지에 간신히 달려있어
산 까치도 놀라서 날개 접지 못한다.

단풍들어 곱던 나뭇잎 다 내어주고
감만 주렁주렁 달아 등불로 켜졌다가
절구통 고인물에 하나 둘 떨어지네.

힘겨워 내려뜨린 앙상한 가지마다
담장 너머 울타리에도 예쁜 감 등을 켜서
오고 가는 날들을 환하게 비쳐주네.

봄이 전하는 작은 것들

봄은 깊은 잠을 깨우고
죽었던 것들을 살리는 힘이 있다.

차갑게 얼어붙은 긴 겨울을 견뎌낸 자에게
봄은 더욱 넉넉한 에너지와 은혜를 선사한다.

앙상한 가지를 떨며
새벽에 잠들어 울던 나뭇가지
그 애섧은 불면의 나날을 보내고
생명의 기운은 움트기 시작했다.

햇볕이 좋아하는 양지바른 언덕에서부터
아지랑이가 먼저 들판을 달리니
계곡에도 생명이 깨어난다.

청량한 햇빛과 공기가
시냇가에 버들가지를 간지럽히고
순수하고 진실 된 마음을 담은 빨간 우체통에는
봄 편지와 한 줄의 시를 적어 놓았다.

봄에는 누구라도 시 한편 읽었으면 좋겠다.
넉넉한 감성 담아서 시를 써도 좋겠다.

굴뚝새

앙증맞은 몸짓에
곱고 우렁찬 노래
가슴 깊은 소리 내어 부르다
토담너머 님의 방 굴뚝만 바라보네.

아주 작고 검은 빛의 굴뚝새
따뜻한 굴뚝 주변을 날쌔게 날아
허실한 나뭇가지에 앉아
길고 가드다란 간절한 울음소리 한다.

뒤뜰 안 굴뚝과 토담이 집
친숙하고 정 깊은 새
잠시도 가만있지 않고 깝죽대다
찬바람에 찟 찟 삐유 소리 내며 날아간다.

정열적인 몸짓으로
사랑의 완성을 지어가는 굴뚝새는
어디에 또 앉았는지
환상적인 울음소리만 들려오네.

참 좋겠다

나도 저런 곳에서 글 쓰고 그림 그리고
좋은 사람들 뜸뜸이 왕래하는 곳
물안개 끼는 산길을 따라
냇물이 흐르고 골이 아름다운 곳

솔향기 짙은 숲길을 걷다가 작은 옹달샘 수줍어하는 곳
넓다란 풀잎 펴서 그늘을 만들어 주는 곳
커다란 창문을 통해 사계절을 액자에 담고
테라스가 있고 작은 뜰이 있는 집에서
살면 참 좋겠다.

낮이면 산새들과
밤이면 별들과
세상이야기 나누며
시를 쓰는 작가로
그동안 멀어져 간간히 소식전하는
철이 형을 모델로 소설도 쓰고

가끔 우울해 지면 서편제 민요에 심취해 보고
먹고 살려고 애쓰지 않아도 되는
감사와 축복으로 살아가기 원하는
그런 소망이 이루어지면
참 좋겠다.

두승산 바라보며

정읍의 서쪽에 가로막고 서서
소 멍에 맨 자리 두승산 바라보면
아서라, 고부봉기 숨결마저 거칠다.
소쩍새도 쉬어가는 낮은 산 수풀사이
한적한 울음소리 무슨 소식 담아오려나
정읍사 여인 지아비 무사귀환 기원하네.

하루해를 지게에 지고
굽은 등골 펼 여유 없어라
산새들 이런저런 사연 담아 넘나들며
사는 이야기 묻혀 나르니
애섧더라 측은 하더라.

콩 삶는 솥은 깊은 한숨 뿜어내고
두부냄새 소박하게 번져오네
알맞게 익은 막걸리 한잔에 목이나 축일까
세상살이 지친 원망 내려놓고
길손 들여 묵어가리.

붉은 햇살 고개 들어 갸우뚱 넘어가니
기러기 떼는 갈 길 바삐 서두른다.
내장산 가슴타고 흐르는 정읍천 옆에 두고
두승산 너머에 누가 오고 계실까
혹여 고운 꽃가루 뿌리며 오는
반가운 님 아니실까.

겨울산행

햇살이 골짜기로 구르듯 달리면
바위산 아래로 탱글탱글한 이 맛
상큼하고 시원한 발걸음이다.

바람도 돌부리에 넘어져 뒹구는 오후
홀로 비자나무 나이만 한 살 더 먹고
앙상한 가지에 산수유만 붉네.

희뿌연 미세먼지 안개 인 듯 위장하고
산 능성이 덮고 있더니
온종일 못가고 들켰다.

햇살 안은 원적암 앞뜰에
별꽃이 낙엽사이로 방긋이 웃고
하늘 닿은 곳 서래봉 바라보다 움찔한다.

몇 개 겨우 달린 감나무에
산까치 떼로 날아 장난치니
애먼 감 다 떨구네.

오늘은 하늘도 창문을 열고
바람도 활동하니
활기찬 하루해는 반갑기만 하다.

잘 익은 산수유 막걸리 한잔 두고
매줄랑 다독거려 재워 놓으니
눈 없는 겨울은 그래도 빛이 난다.

며느리밥풀 꽃의 전설

외진 산비탈 가장자리 한켠에
서러움 뱉어내듯
붉은 잎에 밥알두개
애처롭다 못 삼킨
며느리밥풀 꽃을 보셨나요.

가난한 집에서 몰락한 양반 집으로 시집온 새댁
신랑은 먼 산 너머 마을로
머슴살이 가고
시어머니는 꽃 며느리 학대 했네.
모진 시어머니 밑에서
고된 시집살이 계속되니
어느 날 우리엄마 디딜방아 설움이라
여린 가슴 부여안고
시어머니 정성껏 봉양 했네.

시어머니 시집살이 고되다 하더니만
밥 짓다가 뜸 들었나 입술에 묻은 밥알보고
시어머니 불호령에
삼키지 못한 밥알 두개
효성 지극한 꽃 며느리
시집온 지 얼마 안 돼
매 맞아 죽었으니
구천에 떠도는 한 많은 여인이라.

이 소식을 전해들은 아들
단숨에 달려와 통곡하고
불쌍한 어린 색시 마을 앞 솔밭이 우거진
길가에 고이 묻어 주었네.
며느리의 무덤가에
슬픈 사연 닮은 꽃이 피었다네.
넋이 한이 되어 꽃으로 피어났네.
꽃은 며느리의 입술처럼 붉었다네.
하얀 밥알을 물고 있는 모습이네
이 꽃 "며느리밥풀 꽃"을 보셨나요.

며느리밥풀 꽃의 꽃말이
원망, 질투라 하니
전설속의 고부갈등 탈도 많고 한도 많아
시집살이 애기며느리의
서럽고 슬픈 삶이었네.

기다리는 겨울

어느새 앙상한 가지에
까치밥 하나 덩그러니
힘겹게 매달리다
눈서리 내린 마당에 뒹굴다 쓰러진다.

눈도 내리지 않는데 겨울이 왔다고
춥기는 하더라.
향기마저 감추인 바람
언덕에서 뒹굴어 떨어지네.

하얀 실루엣 달빛에 투영되니
그리운 이쁜 님 반갑다 미소 짓네
거뭇한 내 님 그림자 내려오니
행여나 오시는가 해

시린 손 호호불어 감싸주고
따뜻한 그 겨울이 그립다 했는데
휑하니 스치고 지나는 바람에
애처롭게 먼 산만 바라보네.

바람아

옷깃을 여미고 들어와서
속살까지 부드럽게 만지고
겨드랑이 파고들어 깔깔깔 웃다가
엉큼하게 달아나는 바람아
너 어디서 왔다가 어디로 가더냐

너는 어디에서 그런 사랑 배웠는지
너를 만나면 가만있지 못하고
너 따라 산 넘어 들을 지나 달려갔다가
옷소매로 눈물 닦고 슬픔만 안고 오는 이 보았네.

재작년 윗마을에 꽃망울처럼 이쁜 현심이도
네가 다녀간 후 달빛 창틈으로 유혹하니
잠 못 들어 뒤척이다
괴나리봇짐 싸서 읍내로 나가더니 소식 없고

작년에도 있었네.
읍내에 봉식이 아지매 야반도주 했다는 소문
곰곰이 생각하니 너 왔다간 뒤라
바람불어와 여인네들 치맛자락 당겨가니
돌부처인들 무심할까.

바람아, 멈추어라
너는 무슨 심술 그리 많아 그냥 가질 않더냐.
들에 메인 황소 울음소리 산 너머에도 들리니
바람아 너는 어디서 와서 또 어디로 가느냐.
올해도 너 오면 나도 따라 갈까 한다네.

어느 하루

이른 아침 댓바람이 쌀쌀하게 부니
청명한 가을하늘 채운은
마음풍경으로 펼쳐진다.

어디에서 오는지
진한 국화향기 바람에 실려와
옷깃에 묻어나니 너를 향한 그리움이다.

너에게로 또 다시
똑같은 하루 같지만
나에게는 특별하고 소중한 하루다.

오늘 하루를 시작하면서
너를 떠올리며 안부를 묻는 것은
나에겐 미련이기 때문이다.

오색단풍으로 채색하고
하얀 억새꽃 한 묶음 화병에 담아두고
좋은 생각과 웃음 있는 하루를 채워본다.

복식호흡으로 마음의 평정을 유지하고
가을편지 한 장에 감성으로 채워가며
변함없는 따뜻한 정으로 나누고 싶다.

봄소식

양지바른 댓돌아래
수줍어 피어있는 노란수선화
제일먼저 찾아온 봄의 수줍음

생동하는 봄
새롭게 시작하는 봄
꿈과 사랑을 피어나게 하는 봄

다양한 표현으로 다가오는 봄은
언제나 짧고 소리 없이 왔다가
꽃만 피워 놓고 금새 사라지는 아쉬운 봄.

봄에는 잎보다 꽃이 먼저 피니
꽃이 더욱 아름답다.
봄은 그토록 성급하기도 하다.

님의 얼굴 진달래꽃보다 더욱 환하게
미소로 다가오니 님의 손 부여잡고
꽃눈뿌리며 오는 벚꽃의 향연에 취해본다.

연초록 카펫위에서 희망의 연가를 부르니
새봄의 행운을 가득 담아
너에게로 또다시 실바람에 실어 보낸다.

내가 사색하는 동안에

내가 사색하는 동안에
꽃은 풍요롭게 웃는다.

새들의 손짓이거나
그 어느 곳에나 열려있는
계절의 손짓.

환하고 불그스레한 시골길
그 위에 나의 삶의 길은 영롱하다.

산에는 산새소리
들에 새소리
꽃빛 온 누리의 뒤 안에 가을이 열린다.

하늘은 높아서 푸르고
풍요한 노래가 살아
가슴을 휘휘 젖는 환희

참이 있고
질서와 저만치 무르익어가는
우리들의 생활의 손짓이 있고

내가 사색하는 꽃밭에는 늘
풍요롭게 번져 흐르는
상념의 날개가 있다.

꽈리

보리밭 가장자리 한컨에 피었다가
수줍어서 얼굴 붉힌 주머니 꽃
소녀의 가슴처럼 작고 탱탱한 열매
비단 주머니 안에 담아 익어가네
매달리어 주황색으로 익어 가면
향기는 소녀의 미소 담아 엷게 번져가네
소슬바람 불어오니 한 주머니 고이 열어
부끄러워 맨얼굴 맞이하네.

탱탱하고 윤기 나는 꽈리열매
금보자기에 숨겼으니
누가 너를 감히 볼까하네.
세상사람 시기질투 온갖 심술 부렸구나.
살가운 향기 입술로 가볍게 물면
꾸르르르. 꾸르르르.
슬픈 전설 꽈리의 아름다운 노래로다.

계절 바뀌어 꽈리열매 땅에 떨어지면
긴긴밤에 다시 듣는 꽈리 꽃 전설
작년에 시골 갔다가 우연히 보게 된 꽈리열매
주머니채로 따다가 씨로 말려 두었으니
내년 봄 화단에 심어 너를 다시 보려하네

아침햇살

모악산 산자락사이로
환하게 번져 오르는 아침햇살
밤새 먼 길 달려 다시 떠오르는 너는
어제 보았던 너 틀림없다.

온 세상을 밝히려고
혼연히 작렬하게 떠오르니
그 기운이 생명을 잉태하고
아침햇살은 평화로 타오르기 시작한다.

온 세상에 어둠을 쫓아내며
자유와 평등의 강으로 나아가게 하니
산천경계 아름답고
그 빛이 희망의 나라로 이끈다.

오늘의 걱정이 무엇이랴
거짓과 탐욕, 다툼과 분쟁이 너의 걱정이더냐
가로막던 구름도 바람 따라 지나가고
다시 햇살은 비쳐 오리니
그 또한 작은 시련일지라.

금산사 산기슭 따라 불꽃으로 밝히니
또 아침햇살은 원평천 지나서 만경평야로 흩어지네.
그 빛이 쏜살같이 태인 지나 내장산으로 달려

순식간에 동학농민 봉기처럼 퍼져가니
역사의 거친 숨소리마저 숭고한 노래로 울려온다.

아침햇살은 나를 잠에서 깨우고
내가 가는 길을 비추고
오늘도 새로운 하루를 살아갈 수 있도록
용기를 주고 평화의 일꾼으로 살아가게 한다.

저녁이 되어 아침햇살은
하늘마저 태우며 내변산 바다로 뛰어드네.
내일 또 다시 떠오를 아침햇살이여
날마다 새롭게 비추어
오욕의 세상을 맑게 정화시켜 주시게

겨울바람

달려들었다 달아나고
달아났다가 다시 달려드는
겨울바람은 오늘도 갈피를 잡지 못한다.

눈이었으나 비가 되고
분명 비였으나 우박으로
강가에서 너는 함박눈으로

겨울은 언제나 다시 왔지만
은빛 억새밭에 부는 바람은
갈피를 못 잡는 색다른 바람이다.

사람살이 흔적만큼이나
변화무쌍한 바람은
하루에도 몇 번씩 위치와 각도를 달리한다.

떠난 이의 호젓한 뒷모습에서
시간속에 사무쳐버렸을 마음을 다시 담아
가볍게 내리는 함박눈에 적셔보리라

볏집 하나까지 다 거두고 난 뒤
죽은 듯 비스듬하게
할 일 다 한 허수아비랑 함께
가로수 길을 따라 옷깃을 세우고
겨울바람은 논두렁으로 흩어진다.

너에게만

온 세상을 안고 돌아가는 지구위에서
혼자만의 기다림일까
촘촘하게 엮어진 기억들을 풀어보리라.

계절이 채색되어
두루마리로 펼쳐지면
그날이 버젓이 표시되어있네

기다리며 살아온 시간들
유달리 윤기나는 갈색머리칼
작지만 귀염둥이 다람쥐 닮았다.

너는 기다림을 아는가
능금 꽃 필 때부터
갈대숲에 두견새 울다 지쳐 있을 때 까지

세상한테 바람맞고 돌아서다 멈춘다.

동진강 발원지

겹겹이 노령산맥을 이어다 붙인 정읍내장산
까치봉을 끌어다가 샘 길을 내어
신선봉을 돌아서 소리죽여
정읍천에 흘려 놓는다.

까치샘 신선이 허락한 물길은
농민들의 생명수
일제강점기 고창발원지 고부천과 만나
호남평야 젓 줄 되었네.

동진강 가로막아 만석보 쌓아두고
고부군수 포악행정 극에 달아
고부천과 만나 정의의 세력되어
동학농민봉기 유발했네.

까치봉 북동쪽계곡
원초적 본능으로 다시 찾는 발원지
내장사에서 오른편 원적암쪽 나아가다
먹뱅이골의 상류지역 까치샘에 이른다.

화려했던 단풍은 잎사귀를 떨구고
가늘한 흐느낌이 가슴 가득 전해진다.
까치봉 정상에서 사방으로 둘러보니
내장산 9개 봉우리 뿌듯한 느낌이다.

옥정호 연정

그리움으로 내려앉았나.
기다림으로 솟아올랐나.
하늘담은 옥정호에 겨울이 가라앉는다.

물줄기 가로막아
아름다운 산길 굽이굽이 채워두고
물안개 꽃처럼 피어나니 천상의 풍경이다.

호수는 가슴을 끌어안고
국사봉이 옷자락 잡아끄니
머물지 않을 수 없다

바람마저 잠든 고요한 틈을 타서
다섯 개의 달이 뜨니
너를 더욱 사랑하지 않을 수 없다.

어느새 뜨거워진 가슴은
너를 살며시 부르건만
선뜻 다가오지 않고 애만 태우네.

꿈틀거리는 붕어섬을 따라 눈길을 보내는데
눈치 없는 너의 속마음을
난들 어찌 알겠는가?

훔쳐보듯 조마조마한 마음으로
길섶에 솟대를 세워두고
외로운 마음 너를 부른다.

애뜨락에서

옥정호 맑은 물 가득 담아
뭉게구름 둥둥 띄어 놓고
한가한 쪽배만 한가로이 누워있네

햇살이 미끄러지듯
호수위를 달리면
놀란 붕어 텀벙대며 잠수하네

구불한 능선따라 겹겹이 놓인 산마루
은빛 상념은 깊어가고
지친 심신에 힐링이 따로 없다.

저녁노을에 솟대 끼고 바라보다
외로운 달님 호수위에 띄우니
물결치며 흩어지는 수많은 별빛들

정겨운 솔숲 구절초 향기
세월의 상흔을 서로 달래며
소박한 바램도 애뜨락에 던져놓네

고향풍경

하늘 푸르러 볕 좋은 날에
빨간 고추 널어 말리는 풍경
기억 속에 낯설지 않다.

마루 밑 댓돌에 기대어
넋 놓고 졸고 있는 냥이
붉은 산게 한 마리 겁 없이 다가오니
화들짝 놀라 자리를 뜬다.

애꿎은 하늬바람이
마당을 쓸며 회오리치면
곡식이 알차가는 계절이다.

무성한 콩밭 사이에
꽈리나무 저 혼자 익어 가니
전설 속 이야기 전해 듣네

고요함과 한가함이 널려있는
어촌 마을의 여유로움에
무화과는 하나씩 익어가고

사람 손길 마다않는 오이넝쿨
막대기에 손 내밀어 휘감고 올라서서
저만큼 해 걸음에 따라 사는
고향마을 풍경이다.

무인도

호롱불에 눈 밝혀
거북등처럼 거친 손마디로
헤진 옷 덧대어 꿰매며
하루 일과 힘든 줄도 모르더라.

고된 하루해는 길지도 짧지도 않더라.
엄마 곁에서 졸고 있는 아이에게
"뭐하러 앉아 있냐
어서자거라" 한다.

또 아침이 오면
언제 그랬냐는 듯
누더기 챙겨 입고
톳 따러 갯가로 나간다.
적적할 틈 없이 살아가는
여자의 일생
누가 내 맘 알아줄까
서러워라 목 넘겨 삼킨다.

봄똥 뽑아다가 벼락김치 담그고
혼자만 아는 자기 생일에
미역국 끓여 내놓고
아무 바람도 무용하더라.

무심도 해라 내님이여
기억조차 없는 서운한 마음
비밀을 털어놔도
염소는 말하지 않더라.

세월 풍상 얼굴에 그려내고
먹고사는 일 외에
제사상은 정성을 다하더라.
서로 간섭하는 게 살아가는 이유인데

해 저물어 무거운 몸 아랫목에 누이니
꿈엔들 왠 호강이던가
밥 안짓고 남이 차려주는 밥 한 그릇
최고의 위안이더라.

03

하고 싶었던
이야기

일출

어둠은 소스라치듯 몸부림치고
구름사이 달빛은 차가운데
비늘처럼 물결치는 거무스레한 바다 끝
새촘히 밝아오는 빛이 있다.

살포시 실어다 뿌리는
바람조차 스산한데
해는 어제보다 뜨겁게
수평선을 달구며
고개를 들어 밀치며 솟아올랐다.

삼백예순여섯 개 중 하나
해는 쏜살같이 하늘을 휘저으며
시간을 깨우고 달린다.
어제는 무슨 일이 있었는지 모른다고

반목과 갈등
분노와 눈물로 더럽혀진
수많은 사건과 사고
차별과 소외는 화방수에 던졌다.

항산항심(恒産恒心)

먹고사는 것이 왕도정치의 시작이다.
등 따숩고 배불러야 비로소 윤리도덕이 생긴다했다.
선비와 백성으로 나누어진 두부류에서
도덕과 민생은 함께할 수 없는 것이기에
가치는 무엇이고 청렴은 무엇인가?
의무와 규칙은 민생의 다음이리라
항산(恒産)없이 항심(恒心)을 기대하지 마라
맹자의 엄중한 경고인 것을.

화광동진(和光同塵)

똑똑한 사람들이여
너의 생각과 결정만 옳다고 생각하는가?
당신의 주장과 고집을 거두려하지 않는 구려
때로는 광채를 줄이고
스스로 낮춤도 아름다움인데

날카로운 지혜를 버리고
알량한 꼼수에서 풀려나야 하리
그 잘난 빛을 누그려뜨리고
이세상의 세속과 함께하라.

우매한 사람들 앞에서
너의 생각만을 확신하여
겁박하고 몰아세우지 마라
이제 시대는 변했으니

참으로 아는 이는 말을 하지 않고
안다고 말을 하는 이는 참으로 모르는 이다
무엇을 얻었다고 이것을 자랑할 것도 아니요,
무엇을 잃었다고 이것을 소홀히 할 것도 아니다.

그 이목구비를 막고 욕망의 문을 닫으며
날카로운 기운을 꺾고 혼란함을 풀고
지혜의 빛을 부드럽게 하여 속세의 티끌과 함께하니
이것을 현동(玄同)이라고 말한다.

내가 먼저 해야 할 것

먼저 시작한다는 것을
결코 어렵거나 힘들지 않는다.
방법이 정해지지 않았기 때문이다.
어떤 형태로든 하면 된다.
먼저 하는 일에는 용기와 결단이 따른다.

싸움은 먼저 하지 말아야 한다.
선제공격은 비겁하기 때문이다.
사랑은 먼저 해야 한다.
세상을 바꿀 수 있기 때문이다.

사랑하는 사람과 화해하는 일만큼은
내가 먼저 해야 할 일이다.
망설이다가 떠나보내는 일이 없도록
위기에 닥치기 전에 내가 먼저

가장 좋은 것을 할 때는
누구에게 묻지 않아도 된다.
서로 다른 곳을 바라보고 있지 않도록
사랑해야 한다.
누구에게 물어보지 않아도
먼저 손을 내밀어야 한다.

순리(順理)

땀보다 돈을 사랑하고
설렘보다 기쁨을 먼저 맛보려 하고
과정보다는 결과를
먼저 보고자 하는 자
탐욕스런 인간이다.

조바심 때문에 무모해지고
노력하지 않는 요행으로
분에 넘치는 결과를
그것도 풍성히 받으려는 자
간사한 인간이다.

자연은 순리를 거스르지 않기에
때를 따라 아름다운 꽃을 피우고
풍성한 열매를 맺게 한다.
순리를 따르라고 가르칩니다.

소쩍새가 그렇게 울었기에
한송이의 국화꽃을 피웠고
긴 시간을 참고 기다렸기에
동토의 시간들 속에서 봄이 온 것을
순리(順理)라 합니다.

순리를 따르면 세상은 더욱 아름답고
영원히 살만 해 질 것입니다.

서번트 리더

합리적인 판단으로
안정과 기초를 놓고
탁월한 지도력과
변함없는 신뢰로 우리와 함께 하셨다.

바른 길을 몸소 걸으며
성실하신 자세로
뜨거운 가슴을 안고 온 몸으로 섬기셨다.

일천오백의 우리가족
그대 안에서 품어주시고
바람직한 변화를 꾸준히 일궈주신 이 모든 것
당신의 덕분입니다.

하나로 용해되어
새로운 가치를 형상화하고
바라보기만 하여도 가슴 설레는 당신 앞에서
겸손을 배웁니다.

분골쇄신, 숭고한 뜻에 비쳐
무궁한 발전과 건강과 행운을
수놓아 펼쳐가는 소망을 담아봅니다.

"탁월함은 모든 차별을 압도한다."고

게으른 머슴

구월의 아침햇살이 촘촘하게 비추면
아직 식지 않은 온기가
여기저기 나부러져 있다.

아직 텁텁하고 미지근한 바람은
옷소매 사이로 빠져나가고
습한 기운은 햇살의 발길질에 흩어진다.

붉그스레 여물어가는 수숫대 위에
잠자리 졸다가 떨어지고
장끼울음소리 앞산에 부딪히며 달아난다.

게으른 머슴 바짓가랑이
지 맘대로 말려 올라가고
주인어른 헛기침 소리에 시치미 뗀다.

주눅 들어 지내던 길용이
게슴츠레 먹구름이 다가오면
궁시렁거리며 퉁시 앞에 서있다.

탐욕이란

사람은 본디 욕심이 없었으나
사탄이 유혹하여 달콤한 욕망을 주었으니
욕망은 자기만족이라
거짓과 불행을 담아 탐욕으로 커졌다.

달콤한 욕망은 되돌릴 수 없는 혼돈을 달려
죽음의 소용돌이에 빠져드는
탐욕을 만들었다.
탐욕은 고통이다. 눈물이다.
탐욕은 불행이요, 생명의 막다른 길이다.

탐욕은
우리가 살아가는 세상에
목적을 잃어버린 어리석은 인간들의
소망과 욕망사이를 혼동하면서 다가선다.

탕자의 교훈

인간의 불순함과
하나님의 극진한 사랑이
대조를 이루고
인간의 탐욕과
돌아온 아들에 대한 감격을
탕자의 비유로 이야기했다.

하나님을 떠나
자유와 방종은
고독과 배신과 절망이었다.
인생이 창조적인 삶을 살기를 원하지만
스스로 소비적이고
파괴적인 인생을 살아간다.

헛되고 의미 없는 일을 위하여
동분서주하고
먹고 마시고 시집가고 장가가는 일들을
되풀이 하다가 죽게 된다.

고된 삶에서 비로소
아버지의 사랑이
얼마나 큰가를 알게 한다.
어쩌면 탕자였던 우리
이제 남은 인생은 하나님을 떠나지 않고
그분이 원하시는
창조적 인생을 살아야 하는 것이다.

염치

스윽 스치며 지나간 바람인데
나의 창문을 흔들고 두드린다.
누군가 하여 창문을 빼꼼 여니
어느새 스며드는 바람 같은 염치
앉으라 권하네

김이 나는 차 한 잔을 달라하네
두리번 두리번 둘러보더니
저것도 보여 달라하네
동그랗게 커진 눈으로
경이롭게 바라보더니
나에게 더 줄 것 내놓으라 하네
참 너는 염치가 없다.

신뢰(1)

무신불립(無信不立)이라 했다.
첫째는 먹는 것이요
둘째는 권력이고
셋째가 신뢰다.
하지만 신뢰가 없음은
먹는 것도 강한 힘도 부질없다.
신뢰는 어떠한 고난과 역경에서도
다시 일어설 수 있기에
존립의 자체가 신뢰다.

기다림

늘 바라 볼 수는 있어도
숨소리마저 느끼고 싶은
가슴 절절한 아쉬움에
곁에 두고 싶은 마음이 사랑이다.

아무도 없는 것 보고 돌아서면
금방 뒤따라 달려드는 그리움
푸념 섞인 냉소와 새침스런 얼굴로
너를 찾는 마음이 그리움이다.

저녁이 오면 작별을 고해도
날이 새면 또 앙탈하는
영혼 없는 시간 속에서
너에게 가고 싶은 마음이 인연이다.

내가 항상 그 자리에 있음을
너를 향한 내 마음을 전할 길 없기에
모래시계 다시 돌려 세우고
행여 비워두지 않는 것이 기다림이다.

배려의 고향

여기 술 한 병
샘물에 부어
우리 모두 나누어 마시자.

우리에게 처한 전장은
적군보다 더 무서운
사기(士氣)의 저하다.

따뜻한 위로와
함께하려는 배려가
그리운 시절이다.

돌아갈 수 없는
삶의 전장에서
기운을 다시 일으켜야 한다.

어려움을 이기려면
모두의 열정을 모으려면
배려의 고향으로 돌아가자.

깨달음이란

부와 명예,
권력과 지위,
이보다 더 중한일이
나누는 일이 아닐까.

부의 탑을 쌓고
좋은 음식과 권력으로
즐기고 누릴지라도
혼자 남는다면 무슨 의미가 있을까.

내가 얻은 성공을
내가 이룬 부와 명예를
나누어야 달성하는 진정한 목표라고
깨달음이 최고의 선이다.

욕심

불만과 투정으로
우리 삶을 힘들게 한다면
욕심 때문이리라.

비교하여 생기는 열등감은
감사하지 못함으로
채워지는 욕심 때문이리라.

바닷물로도 채울 수 없고
세상의 무엇으로도 메울 수 없는
인간의 욕심은 어디에서 오는 것일까.

감사와 불평은
동전의 양면 같은 것
자족할 줄 모르는 욕심은
불평을 쌓을 뿐이다.

욕심이 잉태한즉 죄를 낳고
죄가 장성한즉 사망을 낳는다고 했다.
방심하는 순간 욕심이 싹을 키우고
불행의 늪에 빠지게 한다.
비교는 인간이 선택할 수 있는
가장 어리석은 행동이다.

지금 이 순간을 감사하라
아무것도 염려하지 말고
내게 있는 지극히 작은 것에 감사하라.
감사는 욕심을 떠나게 하고
은혜와 축복으로 채워주는 비밀이다.

사군자

매화 한그루 심었더니
엄동설한 속에 고상하게 피어나서
가지마다 매화향기 그윽하니
고매한 인품 지녀 다가가기 쉽지 않네.

난초 그려 걸었더니
선비의 기개와 절도에
군자의 기상을 보아하니
거리를 두고 바라볼 뿐 가까이 오지 않네.

국화는 향기로 그윽하니
가까이 올 법도 한데
절망과 집착, 헌신과 절개
진실 된 순수함에 더럽힐까 꺼려하네.

대나무는 지조와 절개의 상징
높은 품격과 강인한 아름다움
자신의 뜻과 절개를 굽히지 않고
지조를 지키는 군자의 기상에
곧은 사람이라 범접하기 어렵구나.

봄, 여름, 가을, 겨울로 사계절 이어가며
사군자 곁에 두고
스승삼아 쉼 없이 정진하니
군자의 심성과 정신세계를 들여다볼 수 있는
가장 훌륭한 품격과 아름다움이다.

너는 이렇게 살아라

마음의 평화가 젊음을 관리한다.
좋은 친구를 만나서
맘껏 웃어라 일소일소(一笑一少)니라

밝고 신나는 노래를 불러라
합창이면 더욱 좋겠다.
노래는 기쁨이 되고 평화가 된다.

책을 많이 읽고 암송하라
놀라운 에너지를 얻게 되고
인생의 새로운 길을 열어 줄 것이다.

건강을 위하여 많이 걸어라
걷다보면 아름다운 풍경을 만날 것이다.
풍경은 마음의 평온을 줄 것이다.

좋은 말하는 습관을 가져라
상대를 존중하고 칭찬하면
내게 외롭지 않는 관계로 이어지리라.

있는 것에 만족하고 비교하지 말아라
이로 인해 생긴 욕심은 만병의 근원이라
무엇이든지 과하면 부족한만 못하다.

행복한 마음으로 음식을 먹어라
할 수만 있다면 여유를 느끼며
좋은 친구들과 함께 먹으면 더욱 맛이 있다.

걱정, 근심, 염려는 결코 하지 말아라.
아무것도 스스로 해결 할 수 없음이니
항상 감사하고 긍정의 힘을 믿어라.

우리가 원하는 것

하나님은 빛이시라
어둠에 행하지 말고
진리가운데 거하라

빛 가운데서 서로 사귀고
불의에서 벗어나라
거짓말 하는 것은 진리를 떠나는 것이다.

참사랑으로 온전하게 되어
어둠이 지나가고
참 빛으로 비춤이라

형제를 미워하는 자는
눈을 뜨고도
어두워 아무것도 볼 수 없음이라.

세상을 사랑하지 말라
육신의 정욕과 안목의 정욕,
이생의 자랑은 세상으로부터 온 것이라.

우리가 진리를 알고 그 안에 있음으로
우리에게 약속하였으니 원하는 것은
곧 영원한 생명이라.

말의 법칙

감사의 말을 하라
말은 씨가 되고 인격이 되며
그 사람의 삶이 된다.

무심코 내뱉은 말이
가시가 되어
상대에게 깊은 상처를 준다.

말은 반드시 돌아온다.
말의 힘은 정말 놀랍다.
말은 우리의 삶을 지배한다.

좋은 말 한마디가 희망을 주고
인생을 윤택하게 한다.
미워하는 말 한마디는
절망과 포기를 가져온다.

"사랑합니다".
"감사합니다."라는 말은
고상한 품격과 찬란한 빛으로 비쳐준다.

따뜻한 말 한마디가
메마른 인간관계를 회복시키고
기쁨과 즐거움이 넘치는 축복된 삶으로,
행복한 인생으로 채워주는 법칙이다.

도전

쉼 없는 걸음
언제나 불안한 삶
그럼에도
"내일은 나아질 거야"라는
희망을 심는다.

삶은 지속되는
의문의 연속
끝없는 물음을 제기한다.

우리의 앞엔
무엇이 기다리고 있을까?
우리의 삶은 외줄타기 곡예사일까?

불확실한 미래
알 수 없는 세상을 향해
걸음을 뗀다.

언제나 새로운 의문이 생기기 마련
완전한 대답을 찾기 위해
오늘의 삶을 만들어 간다.

그 것은
아무도 알 수 없는
생존을 향한 도전이 아닐까

신뢰(信賴 2)

만인지상 일인지하
최장수하여 겸손으로 칭송 받네
발길은 현장으로 내딛으며
백성 눈물 닦아 주네.

평상농부 열 형제 중 하나
열두 마지기 변변치 못한 농사가 전부
쟁기질할 땐 뒤돌아보지 말라는 교훈
사심 없이 배려로 살아온 시간들

세 분의 임금을 지척에서 모셨더니
가까이에 두고 편하다 하시네.
임금의 입이 되고 생각이 되니
깊이 신뢰함이라.

꿈은 무지개 따라 이어지고
단 한번 쉼 없이 살아온 여정
바르게 견뎌온 세월의 흔적들
책 읽으며 좋은 글 쓰고 싶은 소소한 바램

희생과 헌신일지라도
탁월한 선견과 리더일지라도
존중, 배려, 신뢰, 섬김, 공정을 두고서
그는 단호히 신뢰라고 한다.

바램

용서와 화해는
내가 사랑했던 의미입니다.
섬김과 배려는
내가 간직했던 가치입니다.
공정과 공감은
내가 믿었던 믿음입니다.

예쁜 꽃으로
내일을 장식하고
넉넉함과 평화를
당신의 향기로 담아
축복과 기쁨으로
가득 채울 것입니다.

우리의 바램은
처음이 아닌 나중이었습니다.
당신의 공허함을 채울 수 없어도
항상 정성을 다하고
의뭉스럽지 않게
존중과 신뢰의 조화를 이루는 것입니다.

깊은 정(情)

두근거리는 마음
감출 수 없는 걸까.
속내는 뒤로 숨기고 푸념 섞인 속앓이
어둠이 내리면 애타는 마음 어쩔거나
저고리 품에 숨겼다가
달빛에 들켜 털어내듯 깜놀.

저기 가는 저 기러기야
지치면 쉬어가지 않을래.
저무는 산 너머엔 쉴 곳이 있으려나.
그리운 사연일랑 내려놓고 가려므나.
억새밭 누운 풀섶에서
서러운 몸짓 몸서리친다.

속 깊은 사연 하나 없다하리
바람불어 흔들리는 마음이랴
억겁의 인연 앞에
처연히 스러지는 숙명 아닌 연민일까
세월로 맺혔다 또르르 굴러 흐르는 정
깊은 애증으로 쌓여간다.

비로소

내가 지쳐서 몽롱한 하루
여명이 밝아오면
희뿌연 안개를 거두며
햇살은 맑게 비쳐온다.

삶의 무게에 부대끼면서
긴 여행을 마치고
피곤에 절어있는 듯
멍하니 하늘 끝 만 쳐다본다.

내 몸 위로 살랑바람이 불어온다.
순간 새로운 에너지는
내 꿈을 접은 적 없이
비로소 살아야 한다는 운명을 말한다.

내 운명의 속살 안으로
슬며시 손 내밀어
행운 하나 전하니
새잎이 아픔을 딛고 돋아난다.

가르침

어쩌면 인생이란
수많은 선택의 순간에 직면해 있다.
자신의 한계를 넓혀가기 위해
끊임없이 노력하는 과정일지 모른다.

삶을 살아가면서
무엇을 했느냐 보다
어떻게 살았느냐가
더 중요한 것이다.

자신의 명성이나
재능을 드러내지 않고
순간을 참고 기다리는 것이
참 덕이리라.

뜻을 높이 세우고
성가심을 참아내는 것도 능력이다.
자신에게 엄하고
상대에게는 관대하라.

매사에 긍정적으로 생각하고
미래의 계획을 세워라
비교하지 않고 살아가는
자신에게 맞는 삶의 원칙을 가져라.

04

사랑하다 그리움으로

연정

그리움에 손짓해 불렀더니
반갑게 다가서는 너는
낙엽이 지고 눈으로 내린다.

차가운 손잡아 녹이니
가슴깊이 파고드는
이별보다 아픈 그리움

허리 채 감아 당긴 여운이
욕정만은 아닌데
절절히 스며드는 아쉬움.

떠나보낼 수 없다면
뜨거운 입맞춤이라도 하지
면 발치에 놓아두고 무심도 해라.

오! 그리운 님이시여

애틋한 마음으로 이제 한 숨 고르며 부르리라!
행복의 문을 열다가 문득 당신의 이름을 부르네.
여기에 당신이 있어야 함을 간절히 바라네.

천사여! 아름다운 당신의 불꽃과 같은 빛남,
낙원의 딸이여,
각자의 성역에서 떠나온 지 얼마인지.
당신의 조화를 다시 깨워서 내 옆에 놓으리라
이 세상이 원하는 것을 따라 떠났다 손을 놓았던 그대를
이제 막 돌아와서 그리워 그리워하나이다.
당신의 온유한 미소가 머무는 곳에서.

그토록 어렵게 연인이 되어준 당신의 기억이 살아있어서.
내게 유일한 그리움을 만들어준 사랑하는 당신을
세상에서 커다란 성공을 이룬 넉넉해진 사람처럼
만일 당신 앞에 선다면 가장 행복한 노래를 부르리라.
이 땅 위에서 오로지 하나의 영혼만이
나의 것이라 믿고 고백할 수 있는 사람들 앞에서 .

나의 모든 존재가 사랑의 추억을 마시는
순수한 영혼의 가슴에서 그리움으로
그리운 당신에게 이끌려 환한 미소로 행복에 감겨
당신의 옷자락을 붙들어 내 얼굴을 덮으리라.

하늘의 거대한 법칙을 따라
해와 달과 무수한 별들이 움직이듯
사랑하는 이여,
이제 그대를 만날 수 있는 길을 달려 보려하네.
당신을 만날 수 있음에 기뻐하리라.
그러나 혹여 모른다 마소서.

그리고 님에게 다가가 껴안으리라.
황홀한 가슴을 녹여내듯 뜨거운 입맞춤을 하리라.
천사여! 별 반짝이는 저 높은 곳에
사랑스런 그대가 꼭 나를 기억하리니.
그리운 님이여,
당신앞에 기꺼이 무릎 꿇으리라.

감동의 화음 오케스트라

애무하듯 감싸 안으며
절정의 화음을 이끌어 내듯,
단절되듯 연결되는 부드러움은
무르익은 열매처럼,
또는 수채화의 신선한 물결처럼
가슴을 흔든다.

아, 사랑하는 이여!
우리 서로를 위하여 기쁜 노래를 부르자.
세상과 나는 간 곳 없고
오직 구원의 환희에 넘친 노래를.

우리는 광희에 취하여
천사의 영역에 발을 들여 놓는다.
이세상의 관습이
엄하게 갈라놓았던 것들을 해방시켜 놓으리라.

모든 사람과 형제가 되어라
당신의 온유한 날개가 머무는 곳에서
하나하나 친구가 된다는
커다란 포부를 실현시킨 사람들아
회복의 환호를 외쳐라.

평화와 만족의 미소
뜨거운 감사의 경례
그리고
경건과 심령의 손짓

초연(初演)

내게 향하는 마음
아직 알 수 없는 그대를
그리워하고 있음을 용서하십시오.
지금은 먼 듯, 가까운 듯 다가서 있지만
마치 처음 본 사람처럼 외면하고 있음에
춥고 길었던 계절만큼이나 차갑게 서있네요.
파아란 하늘에 흰구름 흘러가듯 그렇게
당신과 나 아파했던 시간들을 열고
새봄을 맞는 길목에서서
홍매화 향기로운 그대를 기다려 봅니다.

만지고 싶다. 그대를

외롭고 힘들다고 느껴질 때
언제나 옆에 있어도 무심했던 그대를
더욱 친밀하게 다정하고 싶어서

보고 싶고 그리워진 그대를
그러나 늘 어색했던 그대를
미세한 손의 온도계를 활용하여 만지고 싶다.

사랑하고 사랑받고 싶은 그대를
따뜻한 피부끼리 만져보고 싶다.

마음으로 닿고 싶고
시선으로 닿고 싶다.
스스럼없이 마음을 만지면서 소통하고 싶다.

부드러운 손길 따뜻한 마음으로 보듬어 주고 싶다.
비록 손길이 닿지 않는 그대를
내 눈 안에 가득 담아
마음으로 만지고 싶다. 그대를

행복 한 단

너에게 눈높이를 맞추고
너에게 가슴높이를 맞추며
너를 느끼고 헤아리고 싶다.

무릎을 꿇고 앉아서
너의 시선을 가슴으로 안는다.
너의 가슴에 행복의 씨앗을 뿌려 놓고 싶다.

살아가면서 따뜻함을 느끼고
깊은 내면에서부터
현명하면서 단순함이 방법이다.

인생살이 희로애락 가르면서
한단만 더 높이 속 깊은 배려로 올라가면
절망이 희망이 되어 행복이 보일게다

삶을 바라보는 시선을 한단만 바꾸면
키높이 구두를 신고 허둥댈 필요도 없다.
아주 작은 변화만으로도 행복을 만날 수 있기에

가족(家族)

함께여서 더 좋은 사람들
마음깊이 공감하는 주제가 있다.
가족은 정서적, 경제적 공동체이다.

혈연으로 맺어지고
협력으로 이어진다.
새로운 가치를 만들어가고 풍성해 진다.

사랑하고, 나누고
신뢰하고, 소통하며
소속감으로 배우며 성장하고
관계를 통해 가치를 쌓아가게 된다.
그리고 존재의 이유만으로 행복할 수 있다.

함께 살아가는 은혜의 누리터이자
따로 또 같이 살아가는 곳이다
서로의 삶을 응원해 주고
공감하는 공동체이다.

언제나 새롭고 즐거운 우리가족
혼자가 아닌 둘이 되고
그 둘을 닮은 아이들이 있어서
더욱 특별하다.

가족은 삶의 가장 행복한 도전이자
아름다운 배움이다.
서로 존중하고 배려와 책임으로
더불어 살아가는 가족은
"함께 살아가는 삶"이다.

보고 싶은 친구야

그래,
그리도 무심타 말이요.
해가 또 하나 바뀌고
인생도 석양에 달리니
안타깝다 아니 하리요……

무슨 핑계를 댈려구 그리 멀리 계신단 말이요.
그립다 말하면 무슨 말을 하실려구요.
그리움도 세월속에 바래 가는다는데요.
보고싶다 말해도 듣는 이가 없는데
한겨울 어귀에서 불어오는 소소리 바람에
까마귀만 들을까 하오.

친구는 거기에 있으나 볼 수조차 없으니
서산에 기우는 해에게는 무슨 말을 전 하리요.
어쩜,
그러다가 온전히 잊혀 질까 두렵구려.

그리움으로 쌓은 정이 얼마인데 돌 골라 셈하다가
개울가로 나갔는데 나를 보고
소스라치게 날아오르는 새끼오리 날갯짓에
깜짝 놀라라 하고
친구야, 미소마저 잊어 버렸구려.

빛 바랜 기억

코스모스 피어있는
황토 빛 시골길을
어깨를 나란히 하여 걷던 그 길에
햇살은 눈이 부시게 쏟아졌다.

너는 알았는지 모른다.
기차 안 창가에서
빠르게 지나가는 풍경들처럼
우리 둘만의 기억은 지나갔으니

잊을 수 없는 기억은
찬비 흩날린 가을하늘 아래에서
그리워하다
흩뿌린 바람에 지우네.

이렇게 아름다운 세상에 살면서
어찌 너를 기억 못할 일이 있으랴.
몸서리치게 너를 사랑했다.
밝은 날 하얗게 바랜 저 달을 보면서

너는 알았는지 모른다.
내가 사랑했던 그 시절을
아직도 변함없이 찾아드는 꽃향기 날아들면
내가 사랑한 그대를 그리워한다.

안타까운 울 엄마

삼배적삼 모진가난에
등 떠밀려 시집와서 새로운 세상 살아가다
못난 처지 서러워서 삼켜버린 세월들
이제와 홀로되니
그 누가 당신설움 알아주리오.

그토록 따가웠던 햇살아래
꽃다운 젊은 처자 무명수건 둘러쓰고
호미자루 다 닳도록
화전 밭 개간하여 긁고 또 긁어
긴 고랑 줄어들어라 불렀던 노래

어둑한 새벽녘에 잠 못 들어 하다가
진둑굴 샘에서 물 길어 머리에 이고
학교 담벼락 돌아서니
환청인가, 무서움인가.
남자 기침소리에 온몸이 쪼글 거렸다는 이야기

아들 딸 다섯이나 낳고 기르느라
젊은 날 좋은 기억 하나 없다.
그 중에 두 딸을 황천에 먼저 보내고
담배연기 길게 한으로 뿜어내니
여인으로 최악이라.

줄줄이 시부모님, 팔남매 시동생들까지
디딜방아 봉양했으니 자기만의 설움이라
남몰래 뒤안 무화과나무 밑에서
부모님 원망하다 깊은 밤 소쩍새 울음이라

고무 다라이 옆에 끼고
사계절을 노랑조개 까고 또 까고,
산처럼 쌓여가는 껍데기를 두발로 밀어내며
개념없이 칼끝을 조개의 가슴에 밀어 넣고 돌리니
칼보다 손마디가 더 닳았구나.

한 이로다, 애섧다 어찌하리.
오래된 영상처럼 당신 기억안에 남았으니
먼저 떠난 남자는 원망의 근원이라
영영 그립지도 않은가 보더라.

이제와 자식들도 나이 먹어 같이 늙고
영감마저 없는 방안에서
누구도 그립지 않는 굳어버린 엄마의 마음
바램도 없으신지 어서 죽어야지 하면서도
아프다고 병원가는 안타까운 울 엄마의 거짓말

눈감으면 끝인 줄 알고
눈뜨니 그날이 그날이라

한마저 녹아버린 그늘 앞에 극 노인 되어
지난 인생 돌아볼 때 아쉬움과 원망이라
모든 것 다 내려놓고 깊은 잠 들면 그만인 것을

무학으로 그 긴 월 이름조차 쓸 수 없어
온몸으로 더듬거려 느낌으로 살았으니
나란 존재 의미 없고
목구멍으로 넘겨버린 한 많은 세월
무엇으로 보답하리 불쌍한 우리엄마

그리움

한줄기 바람이 불어와
그대향기 실어오면
그리움에 보고파집니다.

어디에서 불어오는 바람인지
꽃향기 한가득 실어오면
그대를 사랑하고 싶습니다.

언제부터인지는 모르지만
그리워 그리워하다가
멍하니 파아란 하늘을 바라봅니다.

흰 구름 뭉게구름
당신 모습 만들어
환하게 웃고 있는 얼굴입니다.

나만 보고 웃으시는 당신을
너무 깊이 사랑하기에
그리움이 날로 더해만 갑니다.

녹음이 짙어가는 오월 어느 날
새소리는 청아하니
어디에 계실 당신의 목소리입니다.

어디에선가 꼭 만날 것 같은
당신을 향한 마음을 책갈피에 눌러놓고
손꼽아 기다려봅니다.

나의 아버지는

화목(和睦)하라는 유언 남기시고
82세의 일기로 세상을 떠나셨다.
일본 식민지와 6.25를 겪었던
나의 아버지는
시골 농부요 어부였다.
그리고 공사장에서 막노동으로 살으셨다.

남쪽바다 작은 섬마을에서 태어나
평생 시련과 고난에서
맘 한번 편해 보이지 않았던
그런 아버지와 추억하나 아련하다.
철부지 적엔 부끄러운 아버지요
나이 들어보니 안타까운 아버지였다.

가장의 권위도
우리 사회에서 아버지란 따뜻한 이름도
어머니라는 단어 앞에
재대로 평가 받지 못하고
초라하고 측은하게 가셨다.
수 많은 감정들을 가슴안에 숨기고
내색하지 않고 살으셨다.

아버지는 늘 속으로 자식들을 자랑스러워 하셨다.
비록,

뚜렷한 존재감을 나타내지 못했고
아름드리 나무가 되어주지도 못했고
작은 동산이 되어 비빌 언덕이 되어주지도 못했다.
안타깝고 미안하기도 했을 것이다.
그러나 내 아버지로 기억되고 싶었을 것이다.

부드러운 아버지,
살가운 아버지,
정감있는 아버지는 분명 아니셨다.
그래도 가족을 사랑하고 희생하셨다.
위기 때 엔 방황도 하고
고민하고 아파하셨던 아버지다.

사람 좋은 아버지
살갑게 엉겨붙어 부비며 살진 못했어도
자식들은 건재하고 있으니
아버지가 불현 듯 그리워진다.

사랑한다는 감정도 재대로 표출하지 못하고
무거운 짐을 평생지고
남 몰래 눈물 한숨 훔치셨을 아버지는
뚜렷한 존재감 하나 없이
작은 흔적마저 남기지 않으셨다.

팥죽을 좋아하셨던 아버지
입맛 없으실까 사다드린 홍시를 드시다가
겨우 붙어있던 보철했던 앞니가 부러졌다
많이 속상했으실 아버지는 아무렇지 않은 듯
뱉어내 나에게 주시더니 말없이
마저 다 드시고 씁쓸해 하셨다.

"퇴원하시면 이 해 드릴께요"라고 위로해 드렸는데
아프시던 아버지는
나쁜 기억도
좋은 기억도 어떤 형태의 것도
남기시지 않고
깊은 밤 새벽에 별똥별 따라서 홀연히 떠나셨다.

그리워 하나니

오, 그리운 님이시여!
애틋한 마음으로
이제 한숨을 고르며 부르리라
동산 앞에 서니
당신이 여기에 있어야 함에
당신을 간절히 부르네.

아름다운 당신은
불꽃에 타오르는 빛남으로
조화를 이루어 이끌어 놓으리라
세상이 원하는 것을
따라 떠났던 님이시여!

그리워 그리워하나이다.
당신의 온유한 미소가
머무는 곳에서
내가 살아서 성역에 서있네
그리운 당신
돌아와 빛 가운데로 걸어오소서.

행복의 노래

내게 유일한 그리움을 만들어준
당신을 사랑합니다.
세상에서 성공하여
넉넉해진 사람처럼 당신 앞에 서서
가장 행복한 노래를 부르리라.

이 세상에서 오로지 하나의 영혼만이
나의 것이라 믿고 고백할 수 있는 수많은 관중들 앞에서
사랑의 추억을 마시는
순수한 영원의 그리움으로
행복에 감긴 행복한 노래여

우주의 거대한 법칙에 따라
해와 달과 무수한 별들이 움직이듯
사랑하는 이여 나와함께
행복의 춤을 춥시다.

당신을 만날 수 있음에 기뻐하리라
황홀한 입맞춤으로
그대를 안으리라
그리고
당신 앞에 기꺼이 무릎을 꿇으리라
오직 하나의 영혼만이 나의 것이니

능소화

바람이 담장에 붙어서 뒹군다
밤새 설익은 잠 보내놓고
아침 안개를 한 소쿠리 담아
불어오는 바람에 까불린다.

에오라지 그윽한 눈빛으로
고운자태 뽐내건만
햇살 한줌 내어줄 뿐
소슬한 바람마저 못 본체 흩어진다.

지고지순한 사랑이여
담장너머 외진 길섶에서 만난
업신여겨 외로운 꽃
그리움으로 너를 유혹하리라

구중궁궐 서글픈 한으로
얽히고 얽혀 못다 푼 애증
안타까운 기다림에 피어있는 꽃
전설로 피어 흐느끼는
아. 바람 같은 사랑이여

숲을 가꾸며

딸 둘 낳아 기르면서
아들 못지않아
아들 둘 둔 집 부럽지 않았다.
그대들은 나의 희망의 별이었다.

나를 아버지로 만들어주고
모처럼 진정한 기쁨과 행복을 주었다.
세상에 부러움 없다는 말이 실감나던
두 딸은 넉넉한 존재였다.

가난한 세상살이
불안과 두려움이 덮쳐왔을 때도
하루하루를 마음으로 안고
거센 풍파 다 견뎌낸 이유다.

두 딸은 애당초 축복이었고
값 진 선물이었다.
사랑이었고 자랑이었다.
나와 가장 가까이에서 살아 줄 사람들이었다.

고맙다 사랑한다.
너희가 사랑하는 사람을 만나 가정을 꾸리고
귀여운 손자까지 안겨주니
이보다 큰 행운이 또 있겠니.

아빠가 가꾸어온 숲에서
존중과 배려로 채워 간다면
숲은 언제나 너희에게
위로와 행운을 줄 수 있다고 믿어다오

손주

너는 알아들을 수 없는 소리로
노래를 한다.
내 모든 것을 동원해서
너를 들으려하지만
너는 그냥 귀엽다.

내 인생에 처음 하나인 사랑스럽고
예쁜 아이다.
네 볼은 어떤 솜털보다도 보드랍다.
아, 황홀하다.
눈물이 나도록 사랑스럽다.

가드라란 손가락으로
말을 대신한다.
나는 너를 안고
그 손가락이 무엇을 말하는지 금방 알아챈다.
너는 그것이 먹고 싶었구나.

너는 이 세상에서 그 어떤 것보다
내안에 너는 행복이기 때문이다.
내가 너를 사랑한다.
넌 귀여운 내 손주다.

당신은

당신은
내가 세상에 와서 만나게 된
소중한 인연입니다.
지금도 당신을 처음 만났던 기억이
참 다행이다 생각합니다.
많고 많은 사람들 중에서
내 인생 안에 머물게 된 당신에게
참으로 고맙고
감사합니다.

어제도 그렇게
당신을 사모했습니다.
오늘도 길을 걷다가 맛있는 냄새를 맡으면
당신을 먼저 생각했습니다.
내일도 새롭게 살아가면서
멋진 풍경을 만나면
당신을 먼저 생각할 것입니다.
당신은 내게
늘 처음이었습니다.

딸기

봄에 따서 맛볼 수 있는
대표적인 과일이 딸기다.

"차문 좀 열어주세요"
"무슨 일이죠?"
"딸기인데요, 맛있게 드세요"한다.
작년 이맘때도 맛있게 먹었던
그분이 주신 고마운 딸기다.

겨울에 건내 준 딸기 한 상자
딸기가 제철인가 싶다.
봄에 먹을 수 있는 딸기를
겨울에 먹게 되는 딸기는 사랑만큼 달콤하다.

딸기를 씻을 때 나는 향이 무척 좋다.
당신이 전해준 딸기라서 더욱 그렇다.
한 꼭지 입에 무니 달콤함이 입안을 채운다.
한 겨울 느껴보는 행복한 딸기다.

부부의 도리

남편에게 순종하라 했다.
행실로 말미암아
구원을 받게 하려함이니
외모로 하지 말고
오직 온유하고 안정된 심령으로 하고
순종함으로 단장하라 했다.

남편들은 아내사랑하기를
내 몸 아끼듯 하라 했다.
연약한 그릇이요
생명의 은혜를 함께 받을 자니
귀히 여기라 했다.

존중과 배려는 어디에다 두고
자기의 본분은 또 어디에 두었는가?
기대와 미움을 앞세우지 말고
잊어버린 것을 찾아야 하리
아내와 남편들이여
서로 마음을 같이하여
네 탓을 멈추시길……

연서

산 능성이 타고 넘는
그 아름답던 단풍도
빠른 걸음으로 남쪽 향해 달리고
그리움으로 채워가는 아쉬움

화려했던 산야는
차가운 바람에 옷깃을 여미네.
앙상해진 나무에 마지막 잎을 떨구려고
흔들다 가버리는 야속한 님.

저기 가는 저 기러기 편에
엽서 한 장 써 부칠까.
억새 꽃무리 기울어 자는 곳에
나도 엎드려 보고 싶다 적어 보내.

하얀 눈 한 잎씩 내리면
통나무집 창가에 앉아
진한 모과향 한잔씩 두고
빤히 바라보다 빙긋이 웃던 너

너 예쁜 생각에 잠 못 들어
그리워 그리워하다
창문을 지나는 달빛에 마음전하고
끝인사 못 쓰는 연서.

사랑하기에

가장 예쁜 생각으로
새로운 아침을 맞는다.
너와 함께하고 싶다.

꽃이 피고
새가 울면 시간이 잠시 멈춘 듯
그 순간마저도
아름다움으로 담아놓으리

한걸음 내딛을 때
풀잎 눕는 소리
너의 숨결 같아 반긴다.

저구리 장모님

깊은 산골 비탈길에
님 보내고 그린 세월 한스러워
저고리 고름 새로 매어
멍한 가슴 저미고 살아온 세월인데

부귀호화 안 바랬건만.
호밋자루 두 번 닳아 다시잡고
안으로 설움 삭이며 별 따라 못가고
모진세월 아궁이에 태웠구나.

이것이 운명이니
모든 열정으로 아홉 송이 귀히 피었건만
애달프다 처연히 피어있는 꽃이여
살면서 못다 푼 애증을 어찌하랴

꽃무동 왠 호강이랴
신발 벗어놓고 다시 신지 못한 피멍든 가슴으로
땅바닥에 뒹군다고
누가 손 내밀어 잡아줄까

다소곳이 타오르는 숯불처럼
꺼지지 않는 불꽃처럼 살다가도
앞산에 가로막혀 날아가지 못하고
혹여 봄바람이나 데려갈까

가신님 그립고 서러워서
촉촉이 젖은 눈물 살가운 향기
골바람 낯설게 부니
한 깊어 서러움 고이 여미네

시집간 두 딸에게

아장아장 걸으며 배시시 웃던
예쁜 딸 들이었다.
별 탈 없이 잘 자라주어 고맙구나.
세월이 하도 빨리 흐르니
어린시절 기억조차 가물거린다.

좋아하는 사람 만나
미더움에 사랑하고
예쁜 미래 꾸려보려 시집가서 살아보니
아빠, 엄마 생각 덜 하더냐

귀연 손주 낳아 품에 안고
친정이라 찾아오니
눈물나게 예쁘고 사랑스럽다.
세상에서 이보다 더 큰 즐거움 또 어딨으랴.

애들아,
가장 평범한 하루가 가장 좋은 날이란다.
서로가 살펴주며 예쁜 가정 잘 꾸려서
복되고 행복하게 잘 살거라.

아빠, 엄마가 바라는 것은
아프지 말고 이웃을 배려하고 나눌 줄 알며
서로서로 안부도 자주 묻고
즐거운 생활 맘껏 누리고 감사하며 사는 것이다.

딸들아 사랑한다.
너희들은 아빠에게 가장 아름다운 향기란다.

기다림

오늘도 습관처럼 기다리는 너를
비워놓은 마음에 담는다.

보드라운 내 입술에
삼키지 못한 미련을 남기고
떠나버린 너를

기다림은 죽음 앞에 있는 것
사랑보다 더 진한 정으로 쌓여 가면
매서운 시련일까.

세월의 모퉁이를 돌아 다시 서면
흐느낌으로 이별을 노래하리.

때가 되면 기다릴 줄 아는 사람
그런 너였기에 나의 기다림은 아픔이다.

너였으면 좋겠다

만나면 행복해 지는 사람
눈빛만으로 알게 되고
말 한마디, 표정 한 조각
사랑할 줄 아는 사람이면 더욱 좋다.

미소로 안아주고
느낌으로 보듬어 주는
마음 따뜻한 배려가 있는
그런 사람 만나면 행복하다.

힘겨운 삶의 넋두리도
고요히 바라보며
고개를 끄덕이며 공감해 주는 사람
너였으면 좋겠다.

호수에 비추인 달빛처럼
촉촉하고 영롱한 눈빛으로
바라만 보아도 가슴 뛰게 하는
첫사랑으로 다가설 수 있다면 좋겠다.

약속 없이 만날 수 있는 사람
밤 깊어 잠 못들 때
바쁜 시간에도 언제나 만 날 수 있는
그런 사람이 당신이면 좋겠다.

사랑은 그리움

미워하지 않기 위해서
사랑했다.
바람에 흔들리지 않기 위해서
돌이 되었다.

너를 잊을 수 없기에
사랑했다.
애틋한 물망초가 되었다.

지질이도 못나서 너를
사랑했다.
숨어우는 바람소리가 되었다.

사랑은 예쁘다
사랑은 아픔이다.
사랑은 영원한 그리움이다.

궁합

정답다 하면 미워한다.
사주에 수가 길신이면 다행
서로 마음이 끌리고
조금씩 양보하면서 살면 행복하다.

관계가 원진살이면
서로 상대방을 원망한다.
붙어 있으면 싸우고 또 그리워한다.
둘이 상호 양보하고 사랑을 한다면
오히려 다른 궁합보다 더 행복해진다.

관계는 충이다.
서로 만나면 부딪친다.
괜히 시비하거나 다툰다.
서로 사랑한다면 무슨 대수랴

당신 띠는 소박하고
내 띠는 낭만적이고 약간 허황한 바람이다.
인생의 목표가 다르니 다툼이 발생한다.
이해하는 마음을 가지는 것이 중요하다.

서로 사랑하면
처음보다 나중에 부귀가 따라온다.
인내와 지혜가 답이다
궁합이 무슨 소용이랴

그리운 아버지

새해가 되니 한 살을 더 먹나 봅니다.
그래서 철이 드는 것일까요
내가 회갑이라는 나이에 와보니
아버지가 왠지 그리워집니다.

참으로 멋없고 묵묵했던 아버지
무정한 우리엄마 성깔 땜시
딱딱하고 거칠었던 인생살이 마쳤으니
안타깝다 생각하나 한편으로 안심입니다.

끝내 세상 떠난 후니
다시 부를 수 없는 그리운 이름입니다.
나도 예쁜 손자 안아보니
아버지는 증손자 얼마나 귀엽다 했을까.

봉안당 앞에 서서 아버지 영정으로 뵈니
당신음성 들리는 듯하여 눈물이 울컥합니다.
꽃 한 송이 헌화하고 혹여 들으실까
말해봅니다. 아버지 사랑합니다.

아버지가 내 나이 때
온가족 일가친척 모셔다가 회갑잔치 하였더니
그토록 좋아하시던 아버지 모습
영상으로 되돌려보니 왠지 눈물입니다.

아버지,
내 나이 즈음 당신을 회상해 보니
새삼 더욱 그립습니다.

내 마음의 고향집

구불한 산길을 따라 걷다가
빛바랜 돌담길이 참말 정겹다.
흙냄새 나는 마당 한켠을 지나
댓돌위로 한발 올려 툇마루에 올라서네.

처마 끝 맞닿은 곳 걸쳐진 감나무가지에
아직 못 떨군 마지막 잎새 하나
소슬바람 살며시 스치니
몸서리치며 버티고 있네.

검게 누른 구들방 아랫목
이불속에 발 디밀고 앉아
봉창문 쪽창으로 달빛 스며드니
두런두런 옛이야기 시렁에 올려놓네.

호롱불보다 밝은 달빛
치마폭에 감싸두고
고단했던 여인의 설움과 한풀이
겹 바느질 밤 깊은 줄 모르네.

쉼터이자 놀이터였던 고향집
굴뚝마다 밥 짓는 냄새 모락모락
귀틀집 흙벽에는 동지팥죽 말라붙고
멍석아래 똥장군지게 기울어 누워있네.

애들아 밥 먹자

애들아 밥 먹자.
늘 고픈 마음이다.
오늘도 살아있어
너희들과 밥 먹고 싶다.

곰탕 먹으러 갈래?
족발 먹을까?
얼굴만 보아도
생각만 나도 늘 고프다.

아무 말 안 해도
숟가락 젓가락 오가는 소리만으로도
나는 내일을 살아가야 할 이유다.
애들아 밥 먹자

아버지이라는 이름으로
같이 밥 먹는다는 것
얼마나 감사한 일인가.
애들아 밥 먹자.

새힘이

순백의 흰 눈이 내리면
너는 내 마음의 천사다.
잘 여문 이삭처럼
윤기 있는 너의 얼굴을 보다
그 이쁜 손가락 발가락에
감격의 눈물이 흐른다.

가을 하늘 같이 맑디맑은
너의 눈빛을 보면
겨울에도 얼지 않고 흐르는 계곡물처럼
재잘거리며 깨끗한 내 손주

잘익은 홍시처럼
윤기나는 얼굴에 부비부비
방긋이 웃는 입술사이로
하얗게 반짝이는 이빨이 너무 귀엽구나.

내 옆에 앉아 살포시 기대어 조는 모습
고요한 밤하늘을 달리고 있는지
새힘아, 애비는
밝고 맑게 잘 자라서 영향력 있는 큰 나무가 되어
내 자랑스런 손자로 기억되기를 바라며
더 많이 축복하고 사랑한다.

05

바라보다
다가서듯이

시계(時計)

자연의 흐름을 파악하고
시간을 활용하기 위해,
흘러가버린 시간을 붙잡을 수 없기에
소중한 시간을 놓치지 않기 위해
인류는 시간을 담는 그릇(時計)을 만들었다.

"시간은 돈이다"라고 했다.
나는 지금 돈과 시간을 바꾸려한다.
카운트다운이 시작되었다
이시간이 지나면
돌이킬 수 없는 기회
아쉬움을 남기며 달아나는 시간의 뒷모습

뾰족한 종탑위에 커다란 시계에서도
수업시간을 알리는 학교 교실의 시계에서도
우리의 일상을 이어주는 손목의 시계에서도
시간의 모습은 볼 수가 없다.

시대의 변화와 트랜드를 반영하여
시간과 기술의 융복합으로 완성된 시계에는
허둥대며 살아가는 사람에게는 안타까운 한숨으로
부유층에게는 패션의 완성과
부의 상징으로 인식 되었을 뿐
시간을 붙들 수 없었다.

혁신과 도전으로 탄생하여
인간과 가장 가깝고 밀접한 관계를 이어 왔다
그나마 시간은 인간이 쓸 수 없는 가장 값진 것이었기에
여왕처럼 우아하게 값진 보석으로 치장하여
우러르고 곁에 두고 싶었다.

오늘 여기 새롭게 시간의 문이 열렸다.
시간의 가치를 어떻게 담아볼 것인가
내 시계 안에는 시간이 있다.

여름밤

숲속 정자에 어둠이 드리우니
배회하던 바람
강폭을 덮고 내뺀다.

서산으로 날아가는 기러기는
어디에서 쉼을 할까
더위를 피해 구름속에 숨을까

온종일 부대낀 염천에
풀꽃 하나 피워놓고
풀잎은 드러누워 이울고 있다.

강을 쓸고 달리는 바람
정자지붕에 새한마리 뿌르릉하니
더위먹은 열대야는 말을 잃고 잠잠하네

달빛에 달려드는
도둑같은 서늘함
날개털어 둥지에 겨우 멈추네

회상(回想)

장모님 칠순이라
코타키나발루로 추억하나 만들기 위해
여행 떠난 후배가
의미 있는 하루를 만들고 있단다.

잠시의 시간도 소중하게 여기며
캠핑과 낚시로 여가를 즐길 줄 아는 너는
참으로 매력적인 삶을 사는 친구다.
나는 너를 참 괜찮은 친구라고 말한다.

고맙다는 너는
이런저런 삶을 살아가는 방식
사람사는 이야기, 사람과의 관계 등
이야기들을 잊지 않고 나를 기억하고 있었구나.

어느 날인가.
"내가 농사지었습니다. 드셔보시라고 보냅니다."
사과대추 한망을 받고
가슴 촉촉이 먼 하늘을 바라 본적이 있다.

날씨가 추워졌다고
감기 조심하라고
항상 행복한 일이 가득하라고 빌어주겠단다.
그리고 오늘도 파이팅이라고 한다.

언젠가 잊고 살았지만
"여러분은 진정 소중한 사람입니다"라고
그들의 가슴에 무턱대고 쏘아댔던 정리 안 된 이야기들로
나와 함께 지냈던 오래 전을 회상(回想)하게 한다.

나만의 비밀

비밀 하나쯤 없는 사람이 있을까?
"이건 비밀이야" 하면서
가르쳐주는 가벼운 비밀 말고
절대로 알게 되면 안 되는 비밀 말이다.

비밀을 안고 사는 사람은
외롭고 때론 괴롭다.
비밀은 유통기한이 없다.
비밀은 오래토록 간직할 수 있는 것이다.

비밀은 어떻게 관리하느냐 따라
엄청난 결과를 만들고 만다.
비밀을 관리하는 능력은
성장해 가는 과정이고 욕구이다

비밀은 둘 이상이 나눌 수는 없기에
자기의 비밀은 인내이고 철학이다.
아름다운 비밀하나 간직하고 싶고
좋지 않은 비밀은 숨기고 싶고
비밀이란 보석이고 때론 흉기 같은 것.

마음의 문을 열고 닫아야 하는 비밀은
사랑도,
인간관계도,
자칫 잘못하면 깨져버리는 값비싼 호리병과 같다.
그러나 누구라도
비밀 하나쯤은 안고 산다.

벗는 날

고된 삶에서
지워진 짐의 무게를 느끼며
고통은 연단이거니
기쁨은 보상이려니

평지보다는
자드락길에서 존재감 없이
고뇌가 깊을 때 가슴 흔들어 자위하고
양심의 무게를 감당했다.

호슬부슬 바람이 날리면
훌훌벗어 버리고 가자
애욕의 시절이 올무되어
눈물마저 마르고

마지막 족쇄 벗는 날에
마음 한 자락도
미련으로 남기지 말자
그냥 모두 버리고 가자

솜털처럼 가볍게 날아보자
바람이 부는 대로
마음이 가는 대로
업보는 이제 다 벗어버리자

세상의 근원

참 빛으로 세상에 오셔서
온 세상에 비추니
그로 말미암은 세상은
드디어 빛으로 환하게 되었다.

세상이 그를 알지 못하였고
영접하지 아니하였다.
영접하는 자에게
지존의 권세를 주셨으니
그가 바로 생명의 주인이시다.

나를 살게 하고
나를 존재하게 하신 이가
세상의 근원이신
영생하는 하나님이시라.

어둠속에 있을 때
알지 못하였으나
빛으로 오신 우리 주님이
생명의 주인인 하나님이시라.

나는 알지 못했습니다

당신은 누구십니까?
"보라 세상 죄를 지고 가는
 하나님의 어린 양이로다"
묻고 답하니
그때까지 나는 알지 못했습니다.

그는 갈등이 없고
두려움이 없는 인생을 살았습니다.
당당함이 있었고
죽음조차도 흔들지 못했습니다.

요한은 순종하였습니다.
요한은 지존을 알아보았고
겸손하게 무릎을 꿇었습니다.
지존에게서 세례를 받게 되었습니다.

말씀이 육신이 되어 우리에게 오신 이를
믿음으로 순종하는 것이
신앙의 첫걸음이며 전부일 것입니다.
나는 그분이 누군지 알게 되었습니다.

목마르지 않는 물

주님,
헛된 것이 아니라
영원한 물을 찾게 하옵소서.

여섯 번이나 남편을 바꾼 사마리아 여인
우물가에서 예수님을 만났네.
"이 물을 마시는 자마다 다시 목마르려니와
 내가 주는 물은 영원히 목마르지 아니하리니"
선생님 그 물을 내게 주소서.

우물에 나올 때마다
또 다른 남편을 만날 때마다
이제 그만, "내겐 남편이 없다"라 합니다.
지금의 남편도 없는 것과 같으니
갈증을 채우지 못한 여인

모진 인생에서
갈증을 대신 풀어주기를 바랐던
그 대상이 오히려
갈증과 공허만을 주었으니
그 대상은 물욕, 권세욕, 정욕……

선생님, 그 물을 내게 주사 목마르지도 않고
여기 물 길러 오지도 않게 하옵소서.

그분을 만남으로
남편이 없다고 말한 여인의 고백이
그분 앞에서는
나 자신이 죄인이라는 고백입니다.

오늘 하루는

반짝 반짝하게 밝고 맑은 하루가
당신에게도 주어졌으면 좋겠습니다.

노력한 만큼의 결과는 아니더라도
실망하지 않고
편안하고 행복했으면 좋겠습니다.

오늘도 수많은 날들 중에 하루지만
어떠한 일이 일어나도
당황하거나 낙심하지 마십시오.

오늘 하루는 당신만을 위한
특별한 날이니
반짝반짝 빛나는 하루가 되십시오.

믿음의 세계

"우리가 어디서 떡을 사서
이 사람들을 먹이겠느냐"
조금씩만 나누어도 이백데나리온 부족 하리이다.
난감한 빌립의 셈하는 순발력이 돋보인다.

안드레의 현실감은
눈으로 불가능을 말하지만
한아이의 작은 도시락하나에서
보리떡 다섯 개와 물고기 두 마리는
믿음의 세계가 아닐까.

"이 사람들을 앉게 하라"
불가능을 가능으로 주님께서
믿음의 작업을 하셨으니
오천 명쯤 배부르게 먹고
남은 조각이 열두 바구니라.

안 된다는 사람의 눈에는 언제나 안 되는 이유
안 되는 상황에도
믿음의 방식은 기적이라 한다.

어떻게 하나 보시려는 주님께서
상황을 극복하시는 믿음
믿음의 세계,
믿음의 작업,
믿음의 방식을 알게 하신다.

기도

어저께나 오늘이나 변함없이
우리와 함께하시는 하나님,
은혜를 진심으로 감사를 드립니다.

어느새 한해도 저물어가고 있습니다.
되돌아 볼 때 부끄럽고 후회스러운 일들이 많이 있지만
우리를 사랑의 줄로 매시어
건강과 평안을 허락하시고
매사에 형통하게 하셨으니 더욱 감사드립니다.

항상 주님의 은혜 안에서
서로 용납하고 허물을 덮어주시며
아름다운 배려로 화평하게 하시고
섬세한 살피심으로 안전하게 하시며
교만하지 않고 나눌 수 있는 마음을 주셔서 감사드립니다.

희생과 헌신의 돕는 손길들 위에
특별한 축복과 은혜를 더하여 주시기를 원합니다.
성령의 인도하심 따라 진행해 나가는
꿈이 있는 세상에서 행복한 성도로써
큰 자부심을 갖게 하옵소서.

각자가 맡은 위치에서 최선을 다하게 하시며
모두가 더욱 열심을 내어 하나님의 복된 비전사역에

정진할 수 있도록 도와주시길 원합니다.
성령님께서 함께하시고 도우셔서
깊은 은혜를 체험하게 하옵소서.

우리를 죄에서 구하시고
영원한 생명과 부활의 복음을 알게 하시니 감사합니다.
참 생명의 영원하심과
믿음의 방식을 따라 살아가게 하시고
목말라 갈급하는 모든 사람들에게
은혜와 평강이 더욱 많게 하옵소서.

우리 주 예수그리스도의 이름으로
기도하였습니다. 아멘.

검정고무줄

나 어릴 적 검정고무줄 허리춤을 당겨주고
모자란 듯 아쉬움에
짧게 당겨 묶으면 허리춤에 고무줄 자국
줄고 늘여 편안함을 주던 검정고무줄

그 시절 온 식구의 빤스 고무줄
끊어지면 망신살이
옷핀에 꼬리 꿰어 밀고 당겨 끌어다가
속옷 허리를 책임지던 검정고무줄

막내 동생 허리춤에 기저귀 잡아 주고
우리누이 머리 땋아 묶어주네
옹기 항아리 주둥이에
삼베 헝겊 잡아주던 추억의 검정고무줄

어릴 적에 저녁노을 어둑한 줄도 모르고
개샅에서 길게 늘여 뛰어 넘던 고무줄놀이
"금강산 찾아 가자 일만이천봉" 폴짝 폴짝
오랜 기억 따라 즐거웠던 검정고무줄

박물장수 보따리에 똬리 틀고 앉았거나
엿장수 가위소리에 매달려 애원하던
울 엄마 반짇고리 삶의 애환 달래주던 검정고무줄
아련한 추억 속에 잊지 못할 검정 고무줄

아모르 찻집

어제도 보고 오늘도 보지만
오랫동안 가까이 있어도 아쉬움만
밥 한 끼 같이 못해서
못내 아숩다.

몇 번의 약속에도 어긋나더니
오늘에야 맛 집에 자리하고
가까이 앉아서 가벼운 미소로 맞이한다.

"이것 맛있으니 드셔보세요"
이쁘고 정갈하게 담은 맛
찬 그릇 앞으로 밀어 놓고
정겨운 마음을 내어 놓는다.

밥 먹고 난 후 후식은 덤이라
풍경 좋고 바람도 멈출 듯 한곳
커피향이 발길을 잡네
이 곳이 아모르 커피숍이다.

프란치스코 교황이 드셨다고
교황청 빵을 굽는 커피숍이란다.
안락한 의자에 앉으니
바깥 풍경이 특별했다.

마늘 향 가득한 교황빵 한입
커피 한 모금 마시니
추억과 사연은 시간속에 담는다.

낙엽이 지 맘대로 떨어져 뒹굴고
앙상해진 가지에는 빨간 홍시 몇 개
입암산은 흰구름 모자 쓰고 한적하다.

문 밀어 밖으로 한 발짝 내딛으니
빵의 달콤함보다 짙은
우정의 향기가 뒤를 따른다.

갈래 길

갈래 길이 앞에 놓여있다.
너는 어느 길을 갈 것인가?
그 끝에는 무엇이 있는 지
모르고 걷는 길

분명 길이 있다는 것은
많은 사람이 지나갔다는 증거
앞서 간 사람이 어디까지 갔는지
모르는 길

끝까지 갔는지
가다가 돌아왔는지
그 갈래 길에서 망설일 수 있으나
가야 하는 길

한길은 성공의 길
한길은 눈물의 길이라면
냉철한 판단과 운에 기댈 수 밖에 없는
이왕이면 행복의 길이기를 바란다.

인연(因緣 1)

참 좋은 사람을 만나
가는 길에 든든한 동행은
최고의 인연이다.

진심으로 아끼고
정성스럽게 배려하고
아낌없이 내어줄 수 있는
마음을 갖게 하는 것.

옷깃만 스쳐도 인연이라
인연은 우주의 섭리이고
인연은 좋고 나쁨과 관계가 없다.

행여 뒤돌아 눈물을 훔치더라도
악연을 만들어
괴로워하지 않는 안도감이다.

더 없는 행복과 기쁨을 누리며 살라는
하나님이 인간에게 주신
최고의 사랑이다.

솟대

풍년을 기원한다며
장원급제 널리 알리려고
인간의 염원 담아
솟대 하나 세웠다.

날고 싶은 꿈 훼방하듯
오리 형상 묶어 달아
길고 구불한 장대 세워
솟대 둘을 세웠다.

밤 깊어 어둠이 내리니
헛헛한 양반님 네 본색이 드러나고
남몰래 도둑걸음 너의 검은 욕심이라
솟대는 마을 어귀 무슨 비밀 알고 있을까.

어둠이 스멀스멀 내리니
솟대는 시린 달빛에 수작을 건다.
동네 아낙 조심스런 발걸음
솟대는 알고 있다.

또 다시 12월

금방이라도 눈이 내릴 것 같다.
서툰 바람이 들판을 싸돌아다니고
비마저 간지럽게 내리더니
낙엽이 마당에 쓰러져 엎드린다.

차갑게 흐르는 냇가에
오리형제들 옹기종기 모여서
휘젓고 지나가는 찬바람에
겨울편지 부친다고 호들갑스럽다.

또 다시 12월
긴 밤을 여유삼아 엽서 한 장 쓰려다가
한해를 보내기 못내 아쉬운 듯
편지지에 긴 문장 써내려 간다.

별빛이 제자리를 찾아 요동치는 깊은 밤
가을 마친 콩밭 두둑에
고라니 한 마리 화들짝 튕겨 내빼듯
12월을 데리고 달아난다.

마지막 한 잎을 떨 구어 내고
부는 바람 다시 돌아 온 적 없으니
깊은 밤 잠 못 들고 뒤척이다
못 다 이룬 다짐 아쉬움 속에 가두네.

평안

생명의 떡이요
말씀이신 하나님.

말씀이 육신이 되어
우리가운데 거하시며
항아리에 물을 채우라 하시네.

어린양으로 오셔서
세상 죄를 지셨네.
영생하는 샘물을 주시려고 오셨네.

호산나 찬양하리로다.
만왕의 왕이요
부활이요 생명이시라.

고난과 영광의 여정을 묵상하는
여기 빈자리의 평안이로다.

동백꽃

하얀 눈 속에서
더욱 붉은 너는
핏빛보다 강열한 순교자다.

좋은 시절 묵묵하게
강한 풀빛으로
홀연히 삭여
강인한 투혼으로 피어나는 꽃이여

꽃으로 피워
잎보다 꽃잎먼저 떨구며
희생과 봉사로
송이마다 깊은 의미 담았구나.

누굴 위한 피 흘림인가
선홍빛 핏빛 같아
무슨 의미 묻어 떨어질까
십자가 흘리신 피같구나.

시린계절
영혼속에 파고드는
신들의 인내와 기다림에서
영험함으로 피는 꽃이여.

하박국의 감사

아무것도 없는 중에 감사
환란과 시련의 때에 배우게 되는 감사다.

"무화과나무가 무성하지 못하며
포도나무에 열매가 없으며
감람나무에 소출이 없으며
밭에 먹을 것이 없으며
우리에 양이 없으며
외양간에 소가 없을지라도"

절망 가운데서
안타까움과 불평, 원망, 눈물이
감사와 찬양으로 바뀔 때
기쁨으로 채워지는 놀라운 감사
여호와는 나의 힘이시라

이러한 감사의 이유는
구원의 하나님으로 인하여
즐거워하고 기뻐함이라
가진 것이 없다고 불평하지 않는 신앙이
소망가운데 넘치는 축복으로 노래하는
하박국의 감사이다.

알기 원하라

하나님과 주예수를 알기 원하라
은혜와 평강이 많을 것이다.
삶 가운데 지혜를 주시고
생명과 경건에 이르게 하셨으니
신기한 능력이라.

세상의 정욕에 빠져서
하나님의 약속을 잊고
썩어질 자기영광을 위해
믿음을 떠나게 되어
고난과 역경을 당함이라.

믿음에 덕을,
덕에 지식을,
지식에 절제를,
절제에 인내를,
인내에 경건을,
경건에 형제우애를,
형제우애에 사랑을 더하라 하십니다.

우리를 부르시고 택하신
예수그리스도를 보지 못함은
영원한 나라의 비젼에
들어갈 수 없음이라.

그런 사람

사람 사는 세상에 인간미 넘치고
정 많고 나눌 줄 아는
함께 살아가고픈 사람.

좋은 성품 지니고 예의 바른 사람
사양지심이 근본이라
져주고 관용해주는 그런 사람.

배우고 익히고 부지런한 학습으로
지식과 지혜를 겸비하여
슬기롭고 겸손한 사람.

가서는 안 되는 길이 있듯이
도리를 알고 충실한 사람으로 변함없이
존중하고 배려하는 사람.

창조적이며 상부상조 할 줄 아는
능력을 겸비한 인정 있는 친구 하나 있으면
힘들다는 세상살이 견딜만 할 것인데.

영생

선악과를 따 먹음으로
영원한 생명으로부터 멀어졌는가?
믿음이 없이는 영생도 없다하니
영생으로 가는 길은 어디에서 찾을까?

하루에도 수많은 사람들이 죽어가고
또 새로운 생명이 태어나고 있다.
하루를 살면서 나에게 내일은 무슨 의미일까
지금에 죽음을 생각해 본 적이 있는가?

늙어서 죽고
아파서 죽고
사고로 죽고
불현 듯 다가오는 죽음 앞에서 초연할 수 있을까

두려움 없이 내달리는 경주용 자동차처럼
인간은 탐욕과 죄악으로 질주본능을 따라간다.
거짓과 가짜로 채워지는
혼돈의 공간과 시간에 내가 서있다.

내가없는 세상은 공허함으로 채워지니
여기는 물 없는 샘이요
광풍에 밀려가는 안개다
그분을 만남으로 영생의 길에 설 수 있음이라.

다시 오실 그분과
더욱 간절한 부활영생의 그 영역에서
소리쳐 외치리라
영원한 생명이 여기 있다고.

더 가까이

진실한 마음을 일깨워
정결한 맘 사모하라

세상은 우리를 미혹되게 함이니
지혜로움을 가까이 하라.

자기의 정욕을 따라
죄 가운데 잠들지 말고
경건하여 말씀가운데 깨어있으라.

그가 오심이 더딘 게 아니라
멸망에서 모두를 구원하기 위함이니
그날을 간절히 사모하라.

의가 있는 곳에 새 하늘과 새 땅을
바라볼 수 있으리니.

무법한 자들의 미혹에 이끌리지 말고
오래 참으심 앞에 더 가까이 나아가라.

우리 주 예수그리스도의 은혜와 평강이
충만할 지어다.

뜻 모를 이야기

그날에 쓸쓸했던 표정이
아직도 마음속에 아련한데
깊어가는 가을밤
차가운 달빛아래
쌩하니 냉정하게 뿌리치고 달아나는
차가운 바람 같은 너를
바라보며 옷깃을 세운다.

갈대숲 사각거리는 소리
외로운 이 가을의 길섶에서
어깨를 나란히 하고
말없이 걷고 있는 두 사람
강줄기 따라오다 심술궂게
휘감고 달아나는 찬바람에
손잡아 이끌어 찻집에 들어선다.

푹신한 소파에 마주앉아서
애꿎은 찻잔만 만지작거리다
겨우 한마디
"당신을 진정으로 사랑하고 싶습니다."
이 순간처럼 오래토록 사랑하다가
또 다시 그리워지도록

여정(旅情)

창밖으로 붉은 노을이 누우면
우리는 투덜거리며
자기의 처소로 들어간다.

각자가 처한 곤경에서
화를 내거나 무의미한 논쟁으로
우리의 삶을 허비하지 말자.

인생은 함께 하는 여행
서로를 비난하고 속이고 모욕을 줄지라도
마음의 평정을 잃지 마라.

기억하라
우리의 여행이 그리 길지 않다는 것을
우리가 내려야 할 정거장이 다가오고 있다는 것을

우리는 잠시 이곳에 여행을 온 것이다.
끝이 없으리라는 것은 우리의 상상이다.
언젠가는 우리 모두 떠나게 될 것이다.

재활용

커피숍을 나설 때
커피찌꺼기 담아 가져 가란다.
아직 커피향이 남아있어
탈취제로 방향제로 좋다고 한다.

찌꺼기는 버려져야 한다.
하지만 필요와 상황에 따라 달라진다.
더 이상 값어치가 없는 것이 아니다.
두부찌꺼기도 그렇다.

비록 버려질 찌꺼기지만
어떤 목적이 있을 때
소중한 가치로 재탄생할 수 있다.
버린 마음도 다시 돌아보게 되기 때문이다.

다시 살아서 존재하는 기쁨이
새로운 희망으로 채워지고
가장 아름다운 향기로 피어난다.
그런 너와 함께 존재하기를 원한다.

새로운 도전과 소중한 선택의
용기와 지혜로 얻게 된 기회
생명을 연장할 수 있다.
나는 재활용 될 수 있을까?

06

어디만큼 왔니?

어디만큼 왔니?

무심코 길을 가다가
멈춰서 바라보는 들판 끝
하늘이 닿아 있는 곳
흠칫 놀라 돌아보니
여기는 어디쯤인지

때론 얕은 속셈으로
검은 속내 숨겨가며
비아냥거리듯 허공을 휘저었지만
존재감 없는 나를 발견하고
멍하니 하늘만 원망 할 때도 있었다.

늘 우리가 바라는 대로
넉넉하게 풍요롭지는 못했지만
정직하게 꿈을 꾸고 평안을 누렸다
어려움을 이겨내고 다시 섰을 때
"너는 참 매력적이야" 응원해 준
따뜻한 마음들이 위로였다.

무작정 걸어야 했던 길이었기에
어디가 끝인 줄도 모르고
숨 가쁘게 경사로에 올라섰다.
버겁고 벅찬 순간에서도 미동 없이
작은 움직임에도 두려워하고

풀처럼 납작 엎드렸다.

멋진 인생은 아니었지만
이제와 힘겨움을 내려놓고
여유를 즐길 수 있는
풍경이 더욱 아름답게 펼쳐진
새로운 길에 서있다.
평온한 마음으로 하늘 끝 바라보다 묻는다.

너 어디만큼 왔니?

석양을 바라보며

바람이 스산하게
서쪽으로 달려들면
검붉은 하늘 끝에 시선을 모은다.

해는 하늘 끝을 활활 태우며
바닷물을 끓어 퍼 올리듯
용틀임하며 빠져든다.

바다가 석양을 삼키고 나면
황망한 바람이 흐트러지다가
담배 도넛연기처럼 햐얀 달을 토해낸다.

세상의 모든 끝은 아픔인 것을
일생을 산화하여
흔적없이 스러져 간다.

종일토록 바람에 시달리다
열정으로 살아온 격정의 세월
오욕의 허물을 씻어주니

황혼에 지는 해는 내일을 준비하네.

감사로 여는 아침기도

오늘도 빛나는 하루를 제게 주셔서 감사합니다.
제가 오늘 만나는 모든 이들을 미소로
바라볼 수 있게 하소서.

저의 언어에 향기가 있게 하시고
저의 행동에 겸손이 있게 하시며
저의 저급한 가치관으로 남을
판단하지 않게 하시고
지극히 작은 것들을 소중히 여기는
마음을 주십시오.

저의 마음 깊은 곳에서부터
가까이 있는 사람들을 향한 이해와
따뜻한 동정의 마음을 주셔서
그 누구도 시기하거나 미워하거나
질투하지 않게 하시고
받으려 하기보다는
언제나 주고자 하는 마음으로
넉넉하고 행복한 마음을 지니게 하소서.

오늘 하루도 목마른 이에게
한잔의 샘물로 갈증을 지워주시고
도움이 필요한 이를
외면하지 않게 하소서.

외로운 이에게 친구가 되게 하시고
절망 속에서 고통 받는 이에게
위로와 소망을 전하게 하시며
사랑이 필요한 이에게
겸손하게 다가 설 수 있게 하소서.

오늘 하루 저의 마음으로,
행동으로,
그리고 언어로 그려진 그림들이
잠드는 시간에
아름다운 그림으로 보여 질 수 있도록
은총을 베푸소서……

내 고향 진절

왕개산이 머리하고
건너섬을 바라보니
보이지 않는 다랭이까지 긴 섬이라
긴 자루처럼 생겨서 진절이라 했단다.

목개에 수백 년 나이든 팽나무
외풍을 막아주니
아늑하고 따뜻했던 나의 고향 진절

돌담으로 울타리하고
무화과나무 악귀를 막아주니
집안에도 사랑과 정이 가득하다.

천대 몰래 꺾으러 갔다가
영길네 조부시한테 들키면
불알 떨어지게 도망쳐 숨었던 기억들이
고스란히 남아있는 곳

다물래재 언덕에서 큰 산수로 이어진
태를 묻어놓은 영험한 땅
진둑굴로 느다시로 샛밥따라 달리던 추억
학교 앞 염전은 좋은 놀이터였다.

땅머리 선창가에서
객선 오기만을 기다리다
파도타기 몇 감던 어린 시절
멀리서 소나기구름 다가오면
냅다 뛰었던 추억들.

조부시, 오춘, 고모, 나이들은 조카들
이씨 성만 살아가는 곳에
최씨 한 집 있었으니 외가라
윗집 아랫집 서른가구 씨족사회 이루었다.

어렸을 적 어르신들 다 떠나시고
온정마저 식어버린 고향에
몇몇 후손들이 겨우 지키고 있으니
세월의 흔적 완연하네.

장병분교 아직도 건재한데
운동장은 작아졌고 나무만 자랐더라.
마을 앞 샘은 없어지고
논밭은 풀밭이라
농사는 없어지고 갯일만 남았더라.

정월 대보름날
쥐불놀이한다고 낮부터 관솔모아

갯가에서 깡통주어 불붙여 돌리다
짚단에 옮겨 붙어 혼났던 어린 시절.

할아버지 할머니
조상이 누워계시니
벌초한다고 찾아 오고간 지 이십년이다.
해마다 바라보는 고향산천은
아직 그대로이나 세월만 늙었구나.

쟁기질

운명처럼 목에 매달린 워낭소리
고갯짓에 멀어져가고
멍에매고 쟁기질에 지친 삶은
밭고랑에 넘어진다.

이른 새벽부터 고삐 당겨
저 넓은 밭에 이랑을 만들고
소의 발길 따라 쟁기가 뒤따른다.
농부는 소의 수고를 알기는 하는 것인가

콧김 내뿜으며 운명처럼 무거운 걸음
힘에 겨워 잠시 멈추면
영락없이 "훠이~ 이랴"
고삐 줄 내려치면 다시 또 내딛는 발걸음

고구마 캘 때면 성애 누르라는 아버지
더 깊이 파고드는 쟁기버섯에
목에 얹혀진 멍에무게는 소만 알 것이라
소의 커다란 눈은 슬프다.

농부는 쟁기 잡은 손 잠시 놓고
골연초 피워 물고 생겨진 두둑만 바라본다.
무심한 듯 암소는 코뚜레를 원망도 않더라.
운명이려니 쟁기에 매달린 소다.

평생을 쟁기질을 위해 살아가며
농부의 논밭에서 고된 삶을 되새김하며
무슨 생각에 잠겼는지
커다란 눈만 껌벅거린다.

고삐 길게 늘어뜨린 날에는
풀을 뜯다 간혹 고개 들어 "음매~"
크고 기다랗게 울음 한다.
소는 무슨 생각을 하는 것일까?

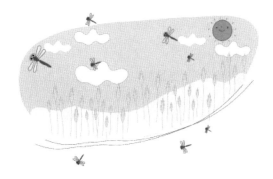

인연(2)

화엄경
동종선근설(同種善根設)에
"일천 겁 동종선근자(同種善根者)는 일국동출(一國同出)이며
이천 겁 동종선근자는 일일동행(一日同行)"이란 말이 있다.

일천 겁의 같은 인연으로
같은 나라에 태어나고
이천 겁의 같은 선근을 인연으로
하루를 동행한다는 뜻이다.

일 겁은 천지가 한번 개벽하고
다음 개벽이 시작될 때까지의 시간
버선발로 승무를 추어
바윗돌 하나가 다 닳아 없어지는 시간

인연이란 얼마나 지중한 일인가
"지금 아니면 언제"라는 의미심장한 질문하나
이 세상에서 만나고 헤어지는 일이
결단코 인연은 우연이란 없는 법이다.

미련

이렇게 비가 오는 날이면
빗방울 줄그어 흐르는 창가에
불현듯 다가와서
영혼까지 번져오는 커피향이 반갑다.

어쩌다 너를 놓칠 것 같은 아쉬움에
용기 내어 당신 앞에 다가서서
후회 없이 사랑했었노라고
말이라도 전해볼걸

마음으로부터 멀어져 가더니
한 조각 작은 기억조차 아련한데
너를 향한 그리움은
따뜻한 찻잔에 녹아 새록새록 하다.

나는 너를 좋아한다고
내가 너를 사랑한다고
말 못하고 돌아서서 오는 길에
너에 대한 미련 허전하게 남아
긴 여운으로 마음구석에 촉촉하게 젖어든다.

쥐띠 해

2020년은 경자년(庚子年) 쥐띠 해다.
내 나이 환갑을 맞는다.
그래서 더욱 특별하고 의미 있는
쥐띠 해다.

쥐는 꾀가 많고 영리하다
쥐는 생존과 번식이 탁월하다.
먹지 못하는 음식이 없다.
쥐는 사람과 친근한 동물이다.
그래서 나는 쥐를 닮았다.

톰과 제리,
미키마우스,
라따뚜이,
스튜어트 리틀
지혜롭고 친근한 캐릭터를 만들어 냈다.

2020은 또 다시 새로운 시작을 의미한다.
나는 희망으로 가는 길목에 서있다.
시달리던 불공정과 차별 앞에서
삼공의 시대를 꿈꾸게 한다.
쥐띠해 너라면 가능할거다.

붉은 망토 휘날리며
위기에서 구해줄 멋있는 친구
우리들 곁에 멋진 모습으로 다가와
맑은 햇살엮어 행운으로 채워주기를
새로운 날들의 바람도 이것으로 충분하다.

청춘

가는 세월을 어찌 막을 수 있으랴
소용돌이에 빨려 들어가듯
갖은 풍상에 힘겨워했다.

등줄기를 타고 흐르는 고혈
외로움과 고달픈 일상에 갇혀서도
청춘을 열정으로 견뎠다.

비로소 미로를 벗어난 아찔함
손사래치며 가위눌림에서 버둥댔다.
불확실한 미래에 대한 두려움으로

"처음처럼"이라는 말이 실감나고
항상 그 자리인 듯한데
사진을 들여다보면 추억만 아련하다.

돌아올 수 없는 청춘의 향연은
기억속에 가물거릴 뿐
순간들은 일방통행을 달리고 있다.

너 그런 모습

짧은 여운 남기고
뒤 돌아 정신없이 달아나던
너는 미운 샛바람이다.

수풀사이로 강한 빛 한줄기
따사로이 비추네.
딱따구리 그루터기에 앉아 딱딱딱 쪼아대니
꼭 너를 보는 것 같다.

예쁘다 사랑할 만 하면
너는 샛바람 만나 어디로 갔는지
흔적조차 없다.

아직도 그런 너를
샛바람에 눈 감기듯 날아드는
얄미운 촉새 같다.

정(情)

가고 오는 정
사랑하는 마음이니
형체도 없이 미련만 남기고
너는 모습을 보이지도 않더라.

아니 갈 듯 그 길을 걸으면서
흔적 흐리고 간다 한들
너 인줄 모르더냐.
세상 살다보면 덜어줌도 좋으련만

유령처럼 어둡고 음습한 곳에 머물러
허튼 욕심 챙겨들고 달아나니
소심한 속내는 야박한 인정이라
어찌 야속타 아니할까.

고된 일상을 살아가며
배도 고프고 사람도 고프다.
절정의 순간에서
너 중한 줄 몰랐더라.

너 떠나고 없는 쓸쓸함
속이 텅 빈 허기진 기분
야속한 마음 헛헛하여
애꿎은 남 탓만 자리하네.

골무

달빛 창살에 올라앉으면
호롱불에 청홍각시 실 끼워
깊은 밤 힘든 세상 한으로 꿰매네.

손가락에 너를 끼워
무명저고리 고름 달 때
세요각시 바늘이 앙탈 부리네

규중칠우 자기 공 다투는 소리
규방규수 엷은 미소 지으며
감투할미 골무를 각별히 사랑 했네

반짇고리 구석에 숨어있어
너 어디 숨었나 뒤적이다 찾고서는
너 없이는 못한다고 배시시 미소 짓네.

네가 있어 시집살이 고됨 덜어주니
앞산에 소쩍새 울음 우는 긴긴밤에
모진세월 간신히 이겨낸다.

나눔

성공보다 아름다운 것은 나눔이다.
그것을 깨달음도 아름답지만
깨달음을 전파하는 것이 더욱 의미 있다.

부와 명예,
권력과 지위,
높은 성을 쌓고 거룩한 환상을 이루었어도
혼자 다 가졌다면 무슨 의미인가.

혼자만이 좋은 음식 먹고
혼자만이 무한권력 누리고
혼자만이 지식의 향연 누린다면
무슨 의미 있을까.

자신의 꿈과 이상의 실현도
깨달음과 목표를 달성함에도
나누는 일보다 의미 있는 일은 아닐 터.

나눈다는 것은 함께한다는 것이고
혼자가 아닌 많은 사람들과 함께
아름다운 세상을 만들어가는 것이다.

기분 좋은 이 말

"인상이 참 좋으시네요"
살짝 미소를 띠우며 건네는 말에
참 기분이 좋다.

서글서글해 보이고
친절해 보인다는 소리가 듣기 좋다
외모가 아름답다는 이야기다.

어쩌다 오랜만에 만난 자리에서
"얼굴색이 참 좋으시네요" 하니
참 기분이 좋다.

나이 먹어가면서 하나 둘
늘어나는 접힌 주름이
생활에서 생긴 깊은 주름보다 서글프다.

며칠 전 친구가 전화해서 하는 말
프로필에서 니 사진보니
"참 이쁘더라" 한다.
기분이 참 좋다.

주름

나이 들어가며 접힌 주름
삶에 지쳐 패인 주름
팽팽하던 얼굴에 하나, 둘
계급장처럼 줄그어 생긴 주름

지친표정 오래하다 입가에 팔자 주름
짜증내고 인상쓰다 미간에 패인 주름
욕심 많아 볼가에 심술 주름
잘 웃는 사람 눈가에 부채살 주름

세월을 못 이겨 가로세로 생긴 주름
생활습관 못 변하니 굵고 깊은 주름
좋은 생각, 좋은 습관은 고운인상 보여주네
좋은 인상 생기면 자신감도 생기네

마음껏 웃으며 세상 시름 덜어내고
기분 좋은 마음으로 주름고랑 채워가며
미소 머금은 편안한 주름
선명한 주름만큼 행복한 얼굴이네

굴곡진 주름살은 거울보고 알 수 있네
오늘하루 좋은 생각으로 가득 채워도
희로애락 갖은 풍상 세월속에 그려내니
인생여정 흔적을 피할 수는 없다네

불변

곁에 없어도
항상 있다고 믿는 것

보이지 않아도
항상 보고 있는 것

말하지 않아도
늘 듣고 있는 것

기다리지 않아도
항상 그리운 너

꽃 따러 왔다가
이쁘다 말하고 그냥 스쳐만 가는 너

소중한 것이고
아름다운 것이고
영원한 것이기에
변하지 않는다는 것은
정말 좋은 것이네

새로운 도전

지혜로운 선택이 미래를 바꾼다.
지금 할 수 있는 것을 지금 한다는 것
도전하는 자세
목표를 이루겠다는 당찬 결의
어떤 고난에도 굴복하지 않는 회복력
기본적인 자세일 것이다.

도전 앞에 주저하는 자는
자만과 이기심과
주관적 가치관의 이해 충돌로
자기 생각을 지키지 못하고
타인의 생각과 방법에 혼돈되어
평생 오류를 범하게 된다.

누구에게나 자기중심적인 사고에 젖어
자신의 실체를 망각하고
스스로 할 수 있는 것조차
실천하지 못한다.
불확실한 미래에 대한 전망에서
새로운 도전을 준비한다는 것은
두려움을 없애는 것이다.

한해를 마무리하며

마지막 달력을 넘겨놓으니
며칠 남지 않은 한해의 끝이
못내 아쉬움으로 밀려옵니다.

결실의 계절 가을을 거두어 두고
감사한 마음으로 냉정하게
지난 1년을 되새겨 봅니다.

목표를 세우고 다짐했던 시간들
나는 얼마나 풍성한 성과를 거뒀나
정리해 보니 짐짓 초조함이 밀려온다.

예상치 못한 착오와 돌발변수로
만족스럽지 못한 결과를 들고
패배는 아니지만 못내 아쉬움으로 남는다.

남에게 자랑스럽게 보여줄 만한
뚜렷한 성과는 없었지만
스스로 부끄럽지는 않게 살아왔다.

한 해 동안 모든 과정 속에서
나는 중요한 경험과 소중한 배움을 얻었다
그것만으로 나름의 의미와 가치를 부여한다.

새해에는 더욱 새로운 마음가짐으로
스스로에 대한 신뢰와 애정을 굳건히 하여
충실한 삶의 열매를 풍성하게 해야겠다.

바닷가에서

선한 눈으로
푸른 바다를 보니
그 깊이를 헤아릴 수 없다.

바닷가에서 바라보니
살가운 비린내 파도에 실어다가
모래밭에 뿌려 놓고
환호하고 즐거워한다.

그렇게 파도는 또
하얗게 부서지며 달려들다가
발 앞에서 엎드러져
겸연쩍게 꽁무니 뺀다.

부서지는 물결 따라
다가섰다 물러가는 너울에
아쉬움과 고됨은 실어 보내고
세상시름 잊었으니
바다처럼 살고 싶다
파도처럼 살고 싶다
좋은 것 많이 가져다주고
나쁜 것 다 가져가고

알람소리

아침마다 알람소리와
주도권 다툼의 신경전을 펼치다
내가 결국 손들고 나온다.

습관적으로 괴심치레 실눈을 뜨고
물 한바가지 퍼서 몸과 마음에 뿌려
깨어있는 삶으로 이끈다.

언제나 그렇듯
삶의 치열한 전장터로
자의반 타의반 내몰린다.

나는 늘 새로운 다짐을 하건만
매번 지게 되는 싸움
속상해 하지는 않는다.

"너는 할 수 있다"고
자신감으로 채워주며
오늘도 나를 채근하며 응원하는 이 너다.

잠들어 있는 주도적 삶을 깨우고
행복한 일상으로 시작하게 돕는
알람은 내게 특별한 하루를 제공한다.

달력

삼백예순날을 상자에 담아서
하나씩 꺼내어 써보니
단 하루도 똑같은 날이 없다.

일년 열두 달 한 묶음 넘기니
나이한살 더 먹었다 하고
수고했다. 잘 살아왔다고 다독이더라.

이십사절기 우주의 법칙을 담아 두고
자전과 공전에서 뿌리쳐지는 시간들
흩어 뿌려 새날로 돋아나게 한다.

인생을 담아 두고
사랑을 담아 두고
온갖 풍상 희로애락 다 담았더니

한 잎씩 떨어지면
또 아쉬움에 울고
수많은 사연 돌돌 말아 가져간다.

붙잡아도 뿌리치는 너는
매정하다 야속하다
질긴 연 못내 끊더니

잘 정돈된 삼백예순날
벽에 다시 걸어두고
"새해 복 많이 받아라." 한다.

변하지 않는 것들

성난 바람 앞에
옷깃을 세우고 몸을 웅크린다.
어쩜 삭풍에 눈보라가
발목을 잡을까 염려된다.

화가 잔뜩 난 하늘 끝으로
덧없는 시간도 쓸쓸해져온다.
초록으로 견딘 세월 힘겨워
낙엽으로 뒹굴다 흩어진다.

불알친구 녀석들도
새로운 삶을 따라 떠나고
평탄하지 못한 길에서
나름대로 진지해졌다.

쉽게 만날 수 없는 이들이기에
초원위에서 서로 시절을 나누던
젊음은 서로의 터전에서
그리움으로 남아있다.

저물어가는 한해의 끝에 서서
서로의 힘듦에 이해하지 못해도
너무 늙어버렸다는 이야기로
상한 마음을 보듬어준다.

해마다 조그만 변화 때문에
우리의 걸음은 늘 힘겹다.
그럼에도 변하지 않는 것들이
내 곁에 있어 희망을 담는다.

노을

뾰족한 교회 십자가 끝에 걸려
대롱대롱 간신히 매달려있더니
못 견디고 떨어지는 햇살이다.

어스름한 초저녁에
먹구름 몰려와
사방을 헤치니
박쥐 한 마리 잽싸게 도망친다.

청국장 뜨는 냄새가
콩밭으로 가려는지
새침하게 바라보더니
가랑이 사이로 몰래 빠져 나간다.

마누라의 헐렁한 수면바지
아무렇게나 자유분방한 몸매로
지 서방 준다고
애먼 콩나물 목을 단번에 부러뜨린다.

허황된 시절이나마
가지런히 모았더니
사랑이 이울었다고
일부러 짓이기고 가더라.

오늘도 갈래갈래
너불대다 스러져 산비탈에 굴러가고
햇살 한줌 잡아당겨
이지렁스럽게 사라진다.

변화 앞에 서있는 두려움

* 2020년 새한일보 신춘문예문학상 국회의원상 수상작

주말이 다가오면 반가운 손자가 오기 때문에 기다려진다. 시쳇말로 "오는 손자 반갑고 가는 손자 더 반갑다"는 말이 실감나는 요즘이다.

요즘 아이들은 우리가 자식을 낳아 기르던 때와는 너무나 많이 달라진 것들을 체감할 수 있다. 돌이 지나면서 아이의 행동에너지는 유달리 넘치는 것 같다. 집에 오면 우선 가볍게 눈인사를 하고 아직 입에 발리지 않는 언어로 "어", "어"를 연발하며 가끔은 알아들을 수 없는 언어로 소통하고자 한다. 조금 있으면 환경에 금방 적응하고 이리저리로 경이로운 눈빛을 쏘아가며 빠르게 달려든다. 그리고 손에 잡히는 것은 무조건 뿌리쳐 던져버린다. 아이들은 잘 정리되는 것보다 흩어놓기에 더 재미를 느끼는 것 같다.

어느 날 나는 이렇게 산만하게 에너지를 방출하는 아이를 정중동 하게 만드는 방법을 알게 되었다. 아이가 잠시도 머물지 않고 이리저리 기어 다녀서 혹시 다칠까봐 잠시도 아이의 행동에서 눈을 뗄 수가 없으니 모처럼 주말 휴식은 더욱 긴장함으로 피로도가 쌓여가기만 한다. 이런 아이에게 놀라운 변화를 감지하게 된 계기가 있다. 아이가 우리 집에 와 제일 관심을 갖는거리는 티브이 리모컨이다. 둘째로는 핸드폰 기

기다. 아이가 기어 다니기 시작하면서 리모컨에 대한 관심은 집착 수준이 됐다. 리모컨의 버튼을 아무거나 누르고 입으로 가져가고 잠시도 눈을 팔수가 없어 아이가 모르게 리모컨을 감추느라 바빴다. 그 다음은 핸드폰이다. 우리 아이는 버튼을 누르는 것을 좋아한다. 이것저것 막 눌러보고 변화가 보이지 않으면 더 꾹 눌러보기도 한다. 그러다가 금방 흥미를 잃어버렸는지 안방에 들어가 충전해 놓은 핸드폰을 들고 나와서 용케도 화면 켜는 버튼을 정확하게 누른다. 그리고 화면을 손가락으로 터치하곤 한다. 누가 가르쳐 주지도 않았을 텐데 참 신기하기도 하다. 그리고는 한참이나 변화되는 화면에 집중한다.

어느 날 내가 이런 아이를 잠시나마 집중시켜 볼 양으로 아이를 끌어다 앉히고 핸드폰을 켜서 우리형의 색소폰 연주를 들려주었다. "유레카!" 음악은 '섬집아기'였다. 가사가 없는 음원은 구슬프지만 이 아이에게는 어떻게 들렸는지 내 무릎에 앉아서 갑자기 몸을 좌우로 흔들며 음악에 심취하는 것이었다. 이 모습을 본 가족 모두는 깔깔대며 신기해했다. 그 동영상을 틀어주면 한참동안 몸을 좌우로 흔들며 무언가를 느끼는 것 같았다. 이 음악이 흐르는 동안은 가만히 있는 시간이다. 음악이 끝나면 바로 내 무릎을 미끄러져 내려가 버린다. 신기하고 놀랍다.

이제는 집에 오면 습관처럼 내 핸드폰을 가져온다. 그리고 내게 반복적으로 영상을 보여주기를 바란다. 가끔씩은 손자를 찍은 동영상을 보여주면 같은 효과가 있다. 옆에 앉아서 영상을 보는 순간만은 분명 다른 아이가 되는 것이다.

어느 날 부터인지 이렇게 트랜스포메이션은 우리 아이들에게 유전처럼 세대의 변화를 가져왔다. 세상의 변화에 세대를 뛰어넘는 혁신이 자리 잡고 있다는 것에 우리가 할아버지세대로 밀려나고 있다는 것을 실감하게 된다. 왠지 자신감도 떨어지고 열정도 식어버린 세대를 대신하여 변화의 객체로 사그라져 가는 것이라 생각하니 노인이 되어버린 서글픔이 자리하는 것 같다.

디지털에서 아이티로 빠르게 변화하는 세대에서 점점 뒤쳐져 가는 자신을 이 아이한테서 느끼게 되니 더욱 두려운 생각마저 든다. 우리가 아이였을 때는 울어서 배고픔을 달래고 소화 안 되는 곡물로 배를 채웠다면 우리 아이들에게는 부드러운 우유를 먹이고 조기교육을 시켰다. 하지만 지금의 손자들은 특제 영양화된 젖과 차별화된 이유식으로 배가고파서 우는 아이는 없어졌으니 말이다. 우리가 막대기로 자치기하고 딱지치기를 했다면 우리아이들은 테트리스게임을 하며 디지털 문명에 익숙해졌다. 그리고 우리 손자들은 키오스크에 더 빠른 적응을 보이며 첨단의 과정을 누리며 살아가게 된다는 것이다. 요즘 햄버거가게에 간다든지 커피한잔을 주문하더라도 우리처럼 아날로그 방식이 아닌 키오스크를 이용한 빠르고 편리함을 통째로 이용하며 살아가고 있다. 이제는 모바일을 통한 은행업무며 사고파는 일상을 점원이나 안내원의 직접대면 없이 극히 주관적으로 이용할 수 있기 때문이다. 좀 더 나아가면 병원진료도 병원을 찾아가서 기다리다가 의사에게 직접진료를 받는 것이 아니라 어플을 통한 접수는 물론 진료와 처방을 이용할 수 있을 것이다. 햄버거 하나도 키오스크나 모바일 앱으로 주문하기 때문에 이에 익숙하지 않은 노인들은 햄버거도 마음대로 골라먹지 말란 것인지.. 변화에 뒤쳐져 있는 노인은 바로 나 자신일 것이다. 세상의 변화에 뒤지지 않고 살아가기 위해서는 어렵고 힘들어서가 아니라 몸이 따라주지 않는 안타까운 세대로 점점 멀어져 가고 있다는 것이다.

이제 학교교육에서 국민윤리나 바른생활이라는 교과목은 사라지고 코딩과 드론을 집중적으로 가르치는 현실에서 엄두도 낼 수 없는 동영상편집과 애플리케이션의 개발과 이용에는 이천년대 아이들과 감히 비교 할 수 없는 것이다. 이제는 손안에 매 시간 업데이트를 반복하는 어플리케이션의 상징이듯 나도 모르는 사이에 나를 둘러싼 첨단 기술은 갱신을 계속하고 있다. 점점 빠르게 구시대로 밀려나고 있는 변화는 생존의 필수적인 요소가 되고 있다. 이봉주처럼 꾸준하게 달려서 목적지를 도달해야 하는 것은 우리 손자들 세대에는 의미가 없다. 빠르게 더 빠르게 5G시대를 이끌어가는 정보기술의 변화는 계속해서 6G,7G를 쏜살같이 달려갈 것이니까 말이다.

그렇다면 이 세상은 도대체 어디로 어디까지 어떻게 변해간다는 것일까? 우리 일상 중 하나가 되어버린 키오스크는 물론 빠르게 변화해가는 세상을 살아가기 위해서 새로운 테크닉들을 배워나가는 것은 정말로 중요한 일인지 나에게 되묻고 싶다. 하지만 언제나 기술은 우리보다 몇 걸음 앞서 나가기 때문에 늘 뒤처지는 것은 기술을 개발하는 주체가 아니라면 어쩔 수가 없을 것이다. 이런저런 기술들과 쉴 새 없이 몰아치는 정보들은 질적 시공간을 수시로 넘나들며 나를 불안하게 할 뿐 삶이 무엇인지 어디로 어떻게 변화해 가는지 알 수 없는 노릇이다.

나는 정년을 맞이하며 정해진 틀에서 벗어나기 위한 비법으로 끊임없이 학습하는 습관을 가져 보기로 했다. 그동안 정해놓은 일정을 소화하고 그 가운데서 무언가를 찾으려 했던 구태의연한 자세에서 벗어나는 것이 새롭게 시작하는 인생의 후반전을 슬기롭게 대처해 나가는 길이라 생각했다. 늘 우회전으로 가던 출근길을 괜히 좌회전으로 가보기도 하고 즐겨 찾던 구내식당도 벗어나 불편하지만 일부러 외부 식당을 찾아 나서기도 한다. 그리고 무엇인가 생각날 때 마다 그 느낌을 글로 표현해 보는 것을 새로운 습관처럼 만들어 가기도 한다. 그러한 과정에서 자기 자신이 어디에 속해 있는지 알게 되면서 막연한 불안감이 사라졌으며 내가 나아가야 할 길도 점점 선명해 졌다고 생각한다. 다만 새로운 테크닉을 습득하기 위해서만이 아니라 자신을 제대로 바라보며 새로운 출발을 시도할 수 있는 용기도 얻게 되었다. 그러한 시도를 통해서 당연하게도 나의 변화는 결국 내 마음 안에 있음을 알게 되었다. "이것도 알아야 한다. 저것도 배워야 한다."고 들려오는 잔소리에 불안해지기도 하지만 일상의 자세를 점검 하는 것에서 변화를 두려워하지 않으면 새로운 메뉴를 선택하는데 망설이지 않을 것이다.

트랜스포메이션(transformation)은 4차 산업혁명으로 탄생한 초고도화 기술과 이에 따른 사람들의 인식전환이 이전과는 다른 일상을 만들어 내고 있는 것이다. 우리의 삶이, 사회가, 가정이 어떻게 달라지고 있는지 그 변화상은 자기 자신의 마음 안에서부터 시작된다고 생각한다.

오늘도 우리 손자가 성장해 가는 모습을 보면서 새로운 각도에서 인식을 전환하고 아이가 보고 실행하고 정복하고 누려 가는데 어떻게 대응해가는지 주의 깊게 관찰하며 나 자신이 세대 간의 연결고리를 이어갈 수 있기를 희망해 본다.

질문의 힘

사람과 사람사이의 벽을 허무는 일에는 질문이 특효약이다.

어제저녁에 TV 모 프로그램에서 부부가 살아가는 모습을 방영했다.

이 부부는 베이비부머 시대에 태어난 사람들이었다. 무엇보다 부지런함을 중요한 가치로 알고 가난을 무엇보다 두려움으로 알고 살아가고 있다. 그 가난을 대물림하지 않기 위해 뼈가 으스러지도록 일에 몰입되어 살아가고 있다.

잘 다니던 직장을 자존심 때문에 때려치우고 귀농하여 가축을 키우며 쏠쏠한 재미도 있어 힘들지만 서로를 의지하며 살아가고 있었다. 부부는 둘만이 유일한 동반자요 협력자요 질문과 대답의 상대였다.

남자는 이제 나이가 들어 쉼이 필요로 하였고 여자는 경제적인 문제로 늘 불편한 심기를 드러냈다. 서로가 추구하는 삶의 방식이 다르기 때문에 대화의 필요성이 대두 되는 관계로 비쳐 졌다.

아내는 아직 대학원에 다니는 두 아들의 취업과 결혼에 최소한의 지원과 도움을 생각하며 현재의 상황을 걱정하고 있고, 남자는 다 성장한 아이들이 스스로의 문제를 해결해 나갈 것이기에 부부의 삶이 더 중요하다고 생각하며 부모로써의 짐을 내려놓고 욕심 부리지 말고 살아가자고 한다. 두 사람간의 대화는 갈등으로 나타나고 드디어는 말문을 닫아 버리는 심각한 사항으로 변했다.

아내는 주로 남편에게 질문을 많이 하게 되는 모습을 보게 되었다.

"여보, 당신은 지금 우리 경제에 대해 어떻게 생각하세요?"

"지금 이대로라면 우리는 적자를 면치 못할 것이고 아이들에게 아무 것도 해 줄 수 없을 것 같은데 대책은 있으세요?"

연신 질문을 하게 된다. 하지만 남편은 그 질문에 대해 뾰족한 답을 할 수 없음에 답답해한다. "여보 제발, 나라고 별 수 있는 것은 아니지만 좀 기다려 봅시다."하지만 아내는 그런 남편이 답답하기만 하다 "도대체 당신은 왜, 경제에 대해 심각하게 생각하지 않아요?""이럴려면 왜, 다니던 직장을 그 별거 아닌 자존심 때문에 때려치우고 이런 상황을 만들고 있어요?" 여자는 하지 말았어야 할 질문을 던지고 말았다. 남자는 회사를 나온 일로 늘 마음에 깊은 상처가 있었는데 여자는 그만 거기까지 건드리고 말았다. 질문의 연속인 아내와 답답함으로 대화를 거절하는 남편의 모습에서 질문의 중요함을 알게 된다.

제대로 된 질문, 곧 상대를 존중하고 배려하는 질문이야 말로 대화를 이어가는 방법이기 때문이다. 그런 대화가 서로를 이해하게 되고 서로에게 상처를 보듬어주고 치료해 주는 묘약일 것이다. 이것이 바로 질문이 갖는 또 하나의 힘이다.

우리는 어려서 말을 막 배우기 시작했을 때 가장 질문을 많이 하게 된다.

"이게 뭐야?""왜?"주로 부모에게 자주 묻게 되는 질문이다.

호기심이 많고 경이로움이 많은 아이들의 학습은 이 질문에서 시작되는 것이라 생각한다.

성장해 가면서 이런 질문의 횟수가 줄어들면 이번에는 어른들로부터 질문해 보기를 강요당하게 된다. "모르는 게 있으면 물어봐라?""넌 궁금한 것이 무엇이지?"또는 선생님에게 질문을 많이 하는 학생은 공부를 열심히 하려는 학생으로 사랑을 받게 된다.

우리는 살아가면서 점차 질문을 기피하고 많은 질문들을 포기하고 살아가게 되는 것 같다. 나는 언젠가부터 끊임없이 학습하는 습관을 갖기로 했다. 그런데 학습이란 일이 많은 질문을 하는 것이라 생각하는데, 과연 누구에게 질문을 해야 할 것인가에 또 하나의 물음표를 달아본다.

나이가 들면서 질문을 하기에 그 대상이 점점 줄어들게 되고 또한 어떤 질문을 해야 하는지 질문의 내용에도 관심을 가지게 된다. 새삼 이 나이에 누구에게 어떤 질문을 해야 하는지, 혹 질문이 형편없다는 생각이 들 때는 또한 부끄러움이 된다고 생각되어서 질문을 포기 하게 된다. 우리가 사는 세상은 정말 빠르게 변화하고 있다. 어느 샌가 우리가 알지 못하는 새로운 것들이 생겨나고 그것을 알지 못해서 궁금할 때 누구에게라도 질문이 필요한데 괜한 자격지심이나 무식함으로 부끄러운 마음이 들어 질문을 포기 하게 된다. 질문이야 말로 정말 훌륭한 학습방법이고 대화의 기술일 것인데 말이다.

서양속담에 "우리는 나이를 먹기 때문이 아니라 배움을 멈추기 때문에 늙는다."했습니다. 계속 젊게 살고 싶다면 호기심의 늪에 빠져 보시라 한다. 호기심에는 연령제한이 없다고 한다.

호기심은 질문으로 이어지고 몰랐던 질문을 하게 된다. "FM라디오 주파수는 왜 소숫점 이하가 전부 홀수로 끝나나요?""운동회때는 왜 청군 백군으로 나누나요?""개는 왜 한쪽 다리를 들고 오줌을 눌까?" "나비의 혀는 어디에 있을까?""거북은 정말로 오래 살까?""북극곰도 겨울잠을 잘까?""고양이도 땀을 흘릴까?""기린은 왜 목이 길까?"등 처럼 사람들이 궁금해 하는지 몰랐던 질문을 받을 수 있다. 우리네 삶에서 질문과 답은 곧 우리가 살아가는 방법과 가치를 만들어 주는 것 일게다. 우리는 늘 질문을 통해 별걸 다 알게 되는 것이다. 이러한 질문에 별걸 다 안다는 잡학피디아로의 나아감도 인생을 알차게 채워가는 것일지도 모른다.

요즘에는 길도 묻지 않는다. 내비게이션이 있다. 세계 어디를 가더라도 내비게이션은 친절하게도 길을 자세히 안내해 준다. 모르는 문제에 대해 사람에게 묻지 않는다. 인터넷 검색창이 있기 때문이다. 무엇이든지 궁금하면 바로 답을 준다. 보이지 않아도 묻지 않는다. 이제는 그곳에 가지 않아도 더 자세히 좋은 곳을 볼 수 가 있다. 그러다 보니 사람과의 질문과 대화가 줄어들었다. 질문을 하지 않는 사람과의 관계는 점점 단절되어 간다.

사람은 서로의 눈을 마주하며 얼굴을 보고, 그 표정을 읽으며 질문을 통한 대화로 관계를 회복하고 좀더 나은 삶의 질을 만들어 가게 된다. 하지만 언제부터인가 손 안의 IT소산물인 기기를 통해서 관계하고 답을 구해 간다. 사람의 눈은 두 개이지만 보이는 각도에서 앞만 볼 수 있기 때문에 뒤에서 일어나는 일은 알 수가 없다. 수시로 뒤를 돌아보면서 살아간다면 약간 정신이 나간 사람처럼 보일 것이다. 그런 사람이 자기 앞에 보이는 제한된 시각으로 보이는 것만 이해한다면 구하는 답을 얻을 수가 없다. 보이지 않는 것은 질문을 통해 알아갈 수 있기 때문이다.

우리가 질문을 꺼리는 이유의 하나는 내가 어떤 질문을 했을 때 상대방이 나를 얕잡아 보지 않을지, 그런 것도 모르는가? 하고 무식이 탄로 나지 않을지 걱정하는 마음이 들어서 일 수도 있을 것이다. 하지만 사람은 누가 나에게 무언가를 질문해 주기를 바란다. 그것은 상대가 나에게 신뢰를 보내고 답을 해 줄 수 있는 사람이라고 치켜세워 주기 때문일 것이다. 이럴 때 사람은 자존감이 상승하고 우월의식도 생겨 날 것이다. 내가 남의 질문에 답을 해 줄 수 있다는 것은 자랑스러운 일이기 때문이다. 지혜로운 사람은 질문을 통해서 답을 얻는다고 한다. 그래서 질문은 상대방의 호감을 가져오기도 하고 인간관계의 질도 좋게 만들 수 있다.

날마다 궁금한 것을 만들고 질문을 많이 하는 습관을 갖자. 그것이 학습하는 습관으로 이어질 것이고 더 많은 인간관계를 형성해 줄 것이다.

아내의 집요한 질문에 적절한 답을 줄 수 없을 때 아내에게 더 좋은 질문을 던져 보자. 누군가 나에게 질문을 한다면 컴퓨터처럼 정해진 답만을 줄 것이 아니라 하나 더하기 애정과 신뢰와 안심을 덤으로 줄 수 있기에 컴퓨터기기에 질문하기보다는 사람에게 질문하도록 하자. 질문은 엄청난 힘을 가져다 줄 것이다.

지금 당장 답을 할 수 없는 질문이라도 질문하는데 꺼려하지 말자. 또한 질문을 어떻게 하느냐에 따라 사람사이의 거리는 가까워 질 수도 있고 멀어질 수도 있기에 질문은 솔직하게 해야 할 것이다. 그렇다고 말도 안 되는 질문이나 답도 없는 질문을 하여 상대를 곤혹스럽게 만들지 말아야 한다. 앞에서 예를 든 부부처럼 상대의 상처를 건드리는 질문은 오히려 안하는 것만 못하다. 질문은 지혜를 필요로 한다. 아무 질문이나 한다면 자칫 무식하다고 오히려 무시당할 수 있고 대화의 단절과 인간관계의 단절로도 이어질 수 있음에 유의해야 한다.

나는 오늘도 내버려진 것처럼 책상에 홀로 앉아 있다. 그리고 궁금한 것이 생기면 인터넷 검색창에 질문을 한다. ~~의 효능은? ~~이란? ~~하는 방법은?....

질문할 상대가 없다. 그래서 점점 인간관계의 질은 떨어지고 사람이 아닌 기기를 통해서 하루일과를 보내고 살아가게 된다. 오늘 하루에 나는 누구에게 한 가지라도 질문해 본 것이 있는가? 생각해 본다. 억지로라도 직원들이 돌아오면 질문 하나쯤은 해야 하겠다 생각한다. 집에 가면 아내에게 질문 하나는 해야겠다. "여보 오늘 하루 동안 어떻게 지냈어?. 관심 가는 일은 무엇이었어?"

친구에게도 전화를 걸어야겠다. 안부를 묻기도 하지만 내가 알고 있는 것도 일부러 질문하나 해야겠다. 단점이나 상처를 건드리지 않을 질문 말이다.

서로를 사랑하게 하고 감성을 표현하게 하여 우리네 삶의 공간을 아름답게 꾸며줄 질문을 많이 하는 것은 우리가 살아가는데 큰 힘이라 믿는다.

시문집을 마무리하며

시문집을 완성하기까지는 보이지 않는 고민과 갈등, 회환의 연속이었습니다.

회갑을 맞고 청춘과 열정을 바친 직장에서 정년퇴직을 앞두고 있습니다. 지금껏 살아오면서 때론 스트레스에 시달리고 차별과 불공정으로 인한 생채기를 마음에 쌓아둔 채 지우지 못했습니다.

글쓰기를 통해서 흐트러진 감정을 정리하고 다듬으며 내 자신의 진짜 감정을 어떻게 표현하고 통제할 것인지에 대한 고민이 깊어졌습니다.

그래서 오랫동안 꿈처럼 이루고 싶었던 감정표현 작업이기도 하기에 한 줄 한줄 시문을 완성시켜 가면서 상큼한 아침햇살에 신선한 보람과 같은 만족으로 다가갈 수 있었습니다. 나만의 표현방법에 따라 시문에 접근하며 건강한 정신을 담아 자신만의 진솔한 감정에 충실하고자 했습니다. 이 글쓰기의 도전을 응원해 주고 용기를 주었던 남다른 애정 가득한 마음 따뜻한 분들께 감사드립니다.

영혼을 담아서 삼라만상과 온갖 체험과 느낌을 통해 삶의 영역에서 소재를 찾아가며 나만의 감정을 실어 마음 가는대로 시다운 시가 못될지라도 감히 허세가 아니길 바랐습니다. 시문을 쓰면서 지금껏 건강을

유지하며 살아있음에 감사하게 되었고 또 살아갈 진짜 이유를 찾게 되었습니다. 이제부터 살아갈 날들에는 항상 검소하게, 그리고 겸손하게, 더 나아가 매사에 감사하게 살아가고자 합니다.

이 시문집을 완성해 가면서 자유로운 감성에 나아가도록 믿어주고 배려해준 사랑하는 아내와 두 딸과 사위 그리고 손자들에게 고맙고 감사한 마음을 이 책에 담아 전합니다.

남재   이 진 주

인생길을 걷다 멈추어 서서

어디만큼 왔니? | 이진주 시문집 |

초판인쇄 2020년 4월 30일
초판발행 2020년 4월 30일

지은이 이진주
펴낸이 채종준
펴낸곳 한국학술정보(주)
주소 경기도 파주시 회동길 230 (문발동)
전화 031 908 3181(대표)
팩스 031 908 3189
홈페이지 http://ebook.kstudy.com
E-mail 출판사업부 publish@kstudy.com
등록 제일산─115호(2000. 6. 19)

ISBN 978-89-268-9925-0 03810